科学万花筒丛书
KEXUEWANHUATONG

认识我们身边的
地热能

高宇飞◎编著

★ ★ ★ ★

认识身边的 **能 源**

吉林出版集团 时代文艺出版社

图书在版编目(CIP)数据

认识我们身边的地热能 / 高宇飞编著 . 一长春:

时代文艺出版社,2011

(认识身边的能源. 第1辑)

ISBN 978－7－5387－3466－9

Ⅰ.①认… Ⅱ.①高… Ⅲ.①地热能－青少年读物 Ⅳ.①P314.2－49

中国版本图书馆 CIP 数据核字(2011)第 000544 号

出 品 人:张四季

责任编辑:孟 婧

认识我们身边的地热能(二)

高宇飞 编著

出版发行/吉林出版集团 时代文艺出版社

地址/长春市泰来街 1825 号 时代文艺出版社 邮编/130011

总编办/0431－86012927 发行科/0431－86012939

网址/www.shidaichina.com

印刷/北京一鑫印务有限责任公司

开本/850×1168 1/32 字数/500 千字 印张/20

版次/2011 年 2 月第 1 版 印次/2011 年 2 月第 1 次印刷 定价/26.00 元

图书如有印装错误 请寄回印厂调换

前　言

　　地热能属于宝贵的地下资源,同时也是一种洁净的绿色能源,开发利用地热资源不仅可以提高人们的生活质量和品质,还可以减少大气污染,具有显著的环境效益,为此,各国大力开发利用地热资源作为未来能源,如用于供电、取暖、种植、养殖、医疗、旅游等等,并带动其他相关产业。

　　地热能的利用是多方面的,我们身边的就有地热发电、地热取暖、地热制冷、地热养殖、地热种植、地热医疗、地热旅游,还有温泉等的开发利用,其中地热发电和温泉的开发现在正处于快速发展阶段,别的产业也在稳步前进。由于地热能有着诸多优点:成本低、洁净、产能大,所以应用范围也愈来愈广泛。

　　我国在开发利用地热资源方面有着显著成绩,我国的地热资源主要以水为载体,由此,我国主要是通过钻井手段将地下热能开采出来。地热能应用的领域在我国也很广阔,在地热发电方面,比较有名的有西藏羊八井地热站;在温泉开发方面,有北京小汤山温泉疗养院、华清池温泉、庐山温泉等;在地热养殖方面,有罗非鱼地热养殖、甲鱼地热养殖。

　　开发利用地热资源,涉及地下和地上许多专业领域的知识和技术，一项地热工程的设计与建造，需要多方面技术力量的配合与协作，所以，虽然我国地热直接利用的规模和数量已处于世界前列，但是与第一流的国外技术相比，在总体水平上还有一定的差距，还需要科学家们进一步地研究和实践，才能逐步提高我国的地热利用水准。

现在就随着本文去认识一下关于地热能的基础知识和有关地热能的利用吧，相信你定会不虚此行！

目　录

地热能概述

地热能的定义

从字面上理解,地热能就是指地球内部蕴含的热能。

地球是一个庞大的热库,蕴藏着无比巨大的热能,它通过火山爆发、间歇喷泉、温泉等途径,源源不断地把内部的热能带到地面上来。据估计,每年从地球内部传到地球表面的热量大约相当于一千亿桶石油燃烧时所放出的热量。如果把地球上贮存的全部煤燃烧时放出的热量作为 100 计算,那么石油的贮量约为煤的 3%,而地下热能的总量则约为煤的 1.7 亿倍。可见,地球是个多么庞大的能源库。

地下热能利用主要是利用地下的天然蒸汽和热水。这些地下的天然蒸汽和热水,我们称之为"地热资源"。地热资源的开发和利用是一件大事情,它就像人类发现煤炭和石油可以燃烧一样,是人类历史上开辟的又一个新能源。

我国是最早研究和开发利用地热资源的国家之一。远在公元前五六百年(东周)就有了开发利用地下热水的记载。我国汉代天文学家张衡在公元前 100 年就著有《温泉赋》。在许多宝贵的科学遗产中，如《水经注》、《本草纲目》等经典著作中，都有关于温泉的记载和论述。

我国地热资源十分丰富，已经发现的天然露头的温泉就有 2000 处以上，每处有若干温泉群和温泉点，温度大多在 60℃以上，个别地方达 100℃～140℃。此外，在西藏、云南、台湾等省都已发现了地热湿蒸汽田。

还有一种浅层地热能。浅层地热能是指地表以下一定深度范围内（一般为恒温带至 200 米埋深），温度低于 25℃，在当前技术经济条件下具备开发利用价值的地球内部的热能资源。

浅层地热能是地热资源的一部分，其能量主要来源于太阳辐射与地球梯度增温。浅层地热能通过热泵技术进行采集利用后，可以为建筑物供暖，较常规供暖技术节能 50%～60%，运行费用降低约 30%～40%。

浅层地热能分布广，储量大，再生迅速，利用价值大。我国浅层地热能主要通过水源热泵和地源热备技术采集，不但可以满足供暖需求，同时也直接降低了排放的污染量，有利于保护环境。

地热能的能量基础

在地下的岩层里，蕴藏着大量的水，这些地下水是地热能的媒介，是地热能的能量基础。地下的水和煤、铁、石油这些矿藏一样，也是一种重要的地下宝藏。世界上的许多土地是依靠地下水来灌溉的。建设一座现代化的城市和工厂，也得事先勘测好地下水的资源。

根据科学家的计算，全世界地面上的水总储量实在是不少，大约有 140 多亿亿吨，但是 97% 都集中在海洋里。海水里虽然含有许多有用的东西，却又苦又咸，既不能喝，也不能用。而河流、湖泊里的水，只占总水量的1％左右，这就显得非常少了。况且，地球上还有1/3以上的陆地，都是缺少河流湖泊的干旱地区。在非洲和澳洲的一些地方，就连一条河流或一个湖泊都没有，每年下的雨也很少，到处是一片茫茫的荒漠，地面上很难见到水。

然而，就在这些干旱的地方，往往也埋藏着丰富的地下水，甚至沙漠的地下也有大量的水。1948年，人们在非洲撒哈拉大沙漠中部的瓦格拉钻井时，就从地下喷出了几十米高的水柱。从此，原来荒凉的瓦格拉就变成了人造的绿洲。

人们喜欢地下水，还因为地下水从地面渗入地下，要经过土壤和岩层的多次自然过滤，水在地下又不会像江河那样容易受外界污染。因此，地下水通常要比一地面上的水纯净。

地下还有一种"肥水"，是地下水溶解了土壤和岩层中的矿物质后变的。用"肥水"来浇地，庄稼喝了既解渴又有营养，是一种理想的天然化肥。我国陕西的一些地方浇了"肥水"的庄稼，有的增产一倍以上，所以人们又把这种水叫"宝贝水"。

于是，地下水就变成了和人类关系非常密切的一个地下水库。现在，世界各国都有许多专门找水的地质勘探队，在辛勤地找寻这种特殊的地下宝藏。

我们的祖先，很早便认识了地下的水。据说，井就是夏禹时一个名叫伯益的人发明的。流传在我国古代的一首民歌里，便有"凿井而饮，耕田而食"的词儿，生动地描绘了那时人们打井汲水的情形。公元前100年在陕西大荔县凿成的"井渠"——坎儿井，是世界上最早利用地下水来灌溉农田的水利工程。

如果把地壳里所有的水都加在一起，大约共有40亿亿立方米！这比大西洋装的水还要多，差不多和十个北冰洋的水相等。因此，有人又把地下水叫做"看不见的海洋"。

这么多的地下水是从哪儿来的呢？

过去，有人看到海洋里的水很多，便以为地下水也是从大海里"浸"到地壳里来的。但是,许多距离本海很远,地势比海面高得多的内陆高原,同样也蕴藏着不少的地下水。而且绝大部分的地下水都是淡水,不像海水那样咸,因此,这种"浸"的说法就很难站住脚了。

经过科学家的仔细观察,发现地下水的来源主要是"天上水"。天上落下来的雨和雪,有些蒸发了,有些变成了高山的冰雪,有些流入了江河湖泊,还有一部分便通过土壤和岩石的孔隙慢慢渗透到了地下。当它们受到不透水的泥岩、页岩阻挡时,便停止了向下运动,在岩层的孔隙里储存起来。

在那些干旱炎热的草原和沙漠地区,也同样有地下水。这些地区的雨水虽然很少,但大气中飘浮的水蒸气会侵入地面,凝结成小水珠渗透到地下去。同时,周围地势比较高的地方的地下水,也会通过相连的地层,渗流到沙漠里来。

此外,从地下深处的岩浆里,也可能有一部分水汽穿过岩层缝隙跑上来,凝固成地下水。

就这样,在漫长的岁月里,"天上水"、"大气水"和"岩浆水"在岩层里汇集得越来越多,形成了巨大的地下水库。地质学家把这种地下水库的水面叫做"潜水面"。当人们把井凿到潜水面以下时,就可以把这个地下水库的水汲上来为人类服务。

有一些地方,地下水侵入了上下都有隔水层的岩层,就好像装进了一根扁扁的大水管,会沿着倾斜的地层从高处向低处流去。这时候,如果在地层低的一头打井,地下水便会在压力的驱使下自己喷出地面来,形成天然的自来水——"自流井"。早在汉朝的时候,我国便打出过世界上第一口自流井,这比法国在1126 年打的自流井要早 1000 多年。

另一些地方,不需要人们打井,地下水也会从低处的岩石缝隙或断层里跑出来,这便是泉水。我国山东的济南泉水特别多,被人们称为"泉城"。这些有名气的泉水,都是从济南南郊的千佛山高处顺着岩层内的孔隙流下来的。在这里,千佛山变成了这些"自来水"的天然水塔。

"在山泉水清，出山泉水浊"。刚从地下冒出来的泉水，确实非常清洁，每立方厘米的泉水中至多只能找到十几个细菌，最适合人们饮用。如果泉水出了山，流得远了，就会逐渐受到外界污染。在普通的河水里，每立方厘米水中的细菌就不是十几个，也不是几十个，而是数以万计了。

这些庞大的地下水就是地热能的能量基础，那些热水、热泉就是被加热了的地下水，这些地下水有的自己跑出了地面，有的还留在地下，等待人们的开掘。

地热能的来源

地热是一种重要的能源。人们在利用这种能源时自然要问：地热从何而来？地球内部的温度有多高？地下热水或地热蒸汽又是怎样形成的？

为了回答这些问题，让我们先从地球的构造谈起。

地球大体上是一个巨大的实心球体，它的半径约为 6370 千米。地球的构造，好比是一个半熟的鸡蛋，主要分为三层。地球外表相当于蛋壳的部分叫做"地壳"，它的厚度很不均一，由几千米至 70 千米不等。地壳下面相当于蛋白部分叫做"中间层"，又叫做"地幔"，它大部分是熔融状态的岩浆，厚度约为 2900 千米。地球内部相当于蛋黄的部分叫做"地核"，地核又分为外地核和内地核。

地球每一层的温度状况是很不相同的。在地壳的恒温带以下，地温随深度不断升高，它的温度变化以"地热增温率"表示。各地的地热增温率差别很大，平均地热增温率为每降深 100 米增温 30℃。至一定深度后，地热增温率由上而下逐渐变小。根据各种资料推断，至地壳底部和地幔上部的温度约为 1100℃～1300℃，地核约为 2000℃～5000℃。

地球内部的温度这样高,它的热量是从那里来的呢?一般认为,地球物质中放射性元素衰变产生的热量是地热的主要来源。有人估计,在地球的历史中,地球内部由于放射性元素衰变而产生的热量平均为每年 5 万亿亿卡($5×10^{20}$ 卡/年),可见这是地球内部多么巨大的热量来源啊!

地下热水或地热蒸汽主要是在地下不同深度处被热岩体加热了的大气降水。

下图表示一种热水型地热田的简单模型。由地表补给的冷水(图中 A 点)通过裂缝向下渗透,并被覆盖在岩浆上面的热岩体所加热。水在含水层中受热后上升,并产生缓慢的环流。在某些情况下,水从裂缝向上逸出,结果在地表就出现温泉。

在地下一些地方,深处的岩浆上升,也会把地下的热量带到比较浅的地方来。这些被地下火炉烧化了的熔岩,本身就储藏着巨大的热量,它们绝不是一天两天就能冷却的。因此,在漫长的几万年甚至几十万年的时间里,它们都会像块大火炭,给周围的地下水加热。那些体积特别大的熔岩,甚至要好几百万年才能完全冷却,

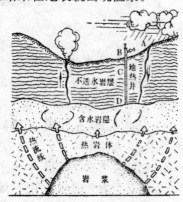

△ 热水型地热田的简单模型

它们发出的热量更是惊人。在新西兰的怀腊开盆地,有一块 49 立方千米那么大的熔岩,上升到了 3000 米深的地方。地质学家估计,这块火红的大石头需要 4 万年才能全部变冷,它放出的热量,能使这个地区 4000 年以内不缺热水使用。

在这些熔岩上升了的地方,往往只要钻一口几百米到一千多米深的井,就能得到温度很高的热水和蒸汽。在美国的尼兰德,人们从一口 1700 米深的钻井里,就开采出了 422℃ 的高温汽水。

在某些含水层中，虽然水温超过100℃，但由于水的静压力大于在该深度处水温所对应的饱和蒸汽压力，因此地下热水不会汽化，而仍处于液体状态。但如果在此地热田钻一口井，如图中BCD所示，那么水将自由上升。水在上升过程中由于压力下降，在C点处水开始汽化，到喷出井口时便变成汽水混合的湿蒸汽。

当然，那些年代过于久远的熔岩，热量已经散发完了，它就不能再为人们烧水了。越是近期上升的熔岩，热量就越大。根据地质学家的研究，只要是距现在200万到300万年以内上升起来的熔岩，都有可能成为加热地下水的大"火炭"。因此，温泉和地下的岩浆活动有很密切的关系。在冰岛、新西兰、日本这些火山比较多的地方，上升的熔岩特别多，温泉自然也特别多。

根据地下水被加热后喷出地表的流体类型不同，地热田的类型也不同。如果由地下喷出的是热水，一般把这种地热田称为"热水田"；如果喷出的是蒸汽和热水的混合物，一般称为"湿蒸汽田"；如果喷出的是纯蒸汽而无热水，一般称为"干蒸汽田"。在分类上也有将热水田和湿蒸汽田合称为"热水型地热田"，因为如上所述，湿蒸汽流体在井下是处于热水状态。

由于地热流体的类型不同，地热发电设备也将不同。从发电的角度来看，希望利用干蒸汽，因为井上设备简单，发电容量也较大。但是，从世界上地热资源分布情况来看，热水型的地热田则是大量的，据估计干蒸汽的储量仅为热水储量的二十分之一，因此，将来大规模地利用地热资源，必须广泛开展对地下热水的利用。

地热能的分类

通常，人们将地热能分为四类：

第一类是水热资源。这是储存在地下蓄水层的大量地热资源，包括地热蒸汽和地热水。地热蒸汽容易开发利用，但储量很少，仅占已探明的地热资源总量的 0.5%。而地热水的储量较大，约占已探明的地热资源的 10%，其温度范围从接近室温到高达 390℃。

第二类是地压资源。这是处于地层深处沉积岩中的含有甲烷的高盐分热水。由于上部的岩石覆盖层把热能封闭起来，使热水的压力超过水的静压力，温度约为 150℃～260℃之间，其储量约是已探明的地热资源总量的 20%。

地压资源更深处温度可达 260℃，因此它除了是一种热能资源外，同时还是一种水能资源。此外，地压型热水中还溶解有较多的甲烷、少量的乙烷和丙烷等烷烃气体，也可以作为副产品回收。

地压型热水的固溶物总量不高，最低时小于 1000 毫克/升，因此可以用作饮用水。地压型地热资源的成因是：在滨海盆地的退覆地层中，当上覆的粗粒沉积砂的质量超过下伏泥质沉积层的承重能力时，砂体逐渐下沉，产生一系列与海岸平行的增生式断层，沉砂体被周围的泥质沉积层所圈闭，并承受上覆沉积层的部分负荷。虽然覆盖层的负荷总是趋于压出沉砂体中的隙间水，但由于四周圈闭层的透水性能很差，砂粒和隙间水的可压缩程度又很低，因而地压型热水积蓄了较大的水力能。它的热来源于正常地热梯度热源。水是热的不良导体，比热大，作为圈闭层的粘土层又是良好的隔热体，它阻挡了热量的外流，因而使沉砂体中的隙间水在长达几百万年的长时间内储集了大量的热能。

地压型热水中的烷烃气体是石油烃在高温高压下发生天然裂解形成的。地压型地热川是在美国墨西哥湾地区开发的一种新型热田。

第三类是干热岩。这是地层深处温度为 150℃～650℃左右的热岩层，它所储存的热能约为已探明的地热资源总量的30%。

干热岩也称增强型地热系统(EGS)，或称工程型地热系统，属于埋深数千米，内部不存在流体或仅有少量地下流体的高温岩体。这种岩体的成分可以变化很大，绝大部分为中生代以来的中酸性侵入岩，但也可以是中新生代的变质岩，甚至是厚度巨大的块状沉积岩。

干热岩主要被用来提取其内部的热量，因此其主要的工业指标是岩体内部的温度。开发干热岩资源的原理是从地表往干热岩中打一眼井(注入井)，封闭井孔后向井中高压注入温度较低的水，产生了非常高的压力。在岩体致密无裂隙的情况下，高压水会使岩体大致垂直最小地应力的方向产生许多裂缝。若岩体中本来就有少量天然水，这些高压水使之扩充成更大的裂缝。当然，这些裂缝的方向要受地应力系统的影响。随着低温水的不断注入，裂缝不断增加、扩大，并相互连通，最终形成一个大致呈面状的人工干热岩热储构造。在距注入井合理的位置处钻几口井并贯通人工热储构造，这些井用来回收高温水、汽，称之为生产井。注入的水沿着裂隙运动并与周边的岩石发生热交换，产生了温度高达200℃～300℃的高温高压水或水汽混合物，从贯通人工热储构造的生产井中提取高温蒸汽，用于地热发电和综合利用。利用之后的温水又通过注入井回灌到干热岩中，从而达到循环利用的目的。

第四类是熔岩。这是埋藏部位最深的一种完全熔化的热熔岩，其温度高达650℃～1200℃。熔岩储藏的热能比其他几种都多，约占已探明地热资源总量的40%左右。

涌出地表的岩浆其温度约为700℃～1200℃，黏滞度从10万倍于水到几乎不能流动的程度。深色的铁镁质熔岩往往形成绳状熔岩和渣状熔岩。绳状熔岩表面光滑，轻微起伏或呈宽丘形。液态熔岩流在具有静态可塑性的表层下面反覆拉曳和褶皱，使地表形状酷似缠绕的绳卷。与绳状熔岩不同，渣状熔岩表面非常粗糙，覆盖一层疏松碎块，两侧各有一大片缓缓流动的熔

认识我们身边的地热能

岩块,中间形成一条宽 8～15 米的窄带。

稀薄的玄武岩熔岩流通常含有许多气泡。厚熔岩流的热量能保持很长时间,凝固前大部气体已经逸出,因此所含气泡较少,结构致密。绳状熔岩和渣状熔岩流的化学成分可能完全相同。

事实上,熔岩流离开火山口时成分是相同的,而在向下滑动时,绳状熔岩变成了渣状熔岩。黏滞度愈大,坡度愈陡,绳状熔岩变成渣状熔岩的可能性就愈大。反之则不会发生这种变化。安山岩熔岩或中性熔岩形成另一种类型的块状熔岩流。与渣状熔岩相似,顶部也布满疏松的碎石,不过形状比较规则,大多数呈多边形,各个侧面相当光滑。熔岩含硅量越大,形成的岩块越碎。显然这种现象是由于气体从正在冷却和结晶的岩浆逸出时导致一系列微爆炸所致。

到目前为止,对于地热资源的利用主要是水热资源的开发。近年来,一些国家开始进行干热岩的开发研究和试验,开凿人造热泉就是干热岩的具体应用之一。而地压资源和熔岩资源的利用尚处于探索阶段。

地热资源的分类

我们知道,地热资源只是地热能中很小的一部分。

地热资源按其形成的四个要素(热储层、热储体盖层、热流体通道和热源)可划分为三种基本类型,分别为近期岩浆活动型、断裂(裂隙)型和沉降盆地型。

地热资源若按其在地下储存的形式可分为五种类型:

①蒸汽为主型地热资源——以蒸汽形式赋存于地下热储中的地热资源。

②水为主型地热资源——以热水的形式赋存于地下热储中

的地热资源。

③地压地热资源——埋藏在沉积盆地可渗透的沉积岩中，流体压力明显超过正常静水压力的异常高压层中的地热资源，它不但具有高压(机械能)、高温(热能)，水中还溶有饱和的可回收的碳氢化合物(天然气甲烷)。

④干热岩型地热资源——干热岩地热资源专指埋藏较浅、温度较高且有较大开发经济价值的热岩体中赋存的地热资源。

⑤熔岩(岩浆)型地热资源——指蕴藏在熔融状态和半熔状态岩浆中的巨大能量。

根据资源的研究程度，地热资源又可分为远景地热资源、推测地热资源及已查明地热资源。

远景地热资源系指在小比例尺(相当于1∶100万或1∶50万)区域调查的基础上，根据某些地热现象，如温泉、浅层地温等物探资料，并基于一般的地热地质条件和理论，推测其存在的地热资源，它可作为进行中比例尺调查和制定规划的依据。

推测地热资源系指在中比例尺(相当于1∶20万或1∶10万)区域调查的基础上，相应开展了地热地质、地热地球化学和地温调查，重力、磁、电或地震等物探以及钻探工作后得出的地热资源，它可作为规划大比例尺地热调查、地热普查计划编制及初步勘探设计的依据。

已查明地热资源又称已确认地热资源，系指在大比例尺(相当于1∶5万等)调查的基础上，相应开展了地热地质、地热地球化学、地温调查，重力、磁、电或地震等物探工作，经钻探验证，地质构造和热储边界清楚，同时经过长时间单井、多井抽水试验或放喷试验以后，才计算出的地热资源，它是开采设计的依据。

地热资源按温度可分为高温($t \geqslant 150℃$)、中温($90℃ \leqslant t < 150℃$)和低温($t < 90℃$)三类。温度均指主要热储代表性温度。

地热资源与地热带

1. 板块构造及地热带的分布

地热资源的分布主要受地质构造的控制,是 20 世纪 60 年代以来,在大陆漂移、海底扩张和地幔对流等假说基础上发展起来的板块构造学说,是当今世界地质学界的一种新兴的全球大地构造理论,它将造山运动、岩浆活动、变质作用和成矿作用结合起来,构成一个统一的动力模型。应用这一学说来指导地质和地震科学研究,解释成矿作用和矿产分布规律,探索地热分布规律,都已取得很好的效果。

根据板块构造学说,地质学家发现地壳主要由六块主要的板块和一些小的板块组成。这六大板块是:太平洋板块、欧亚板块、印度洋板块、非洲板块、美洲板块和南极洲板块。板块构造学说认为,地壳和地幔是由密度小的大陆物质组成,好像一个"筏"放在刚性岩石圈上,岩石圈再"飘浮"在软流圈上。

由于软流圈的对流作用,使这些大陆壳"筏"向各个方向移动,与大洋板块或其他大陆壳"筏"相碰撞或分离。也就是说,高温炽热物质在大洋中脊处上升,产生新洋壳并使这些岩石圈板块沿着大洋中脊这个扩张中心向两边分离、生长,并向外移动,同时板块之间沿着水平向彼此相对移动、相互滑过或错动,随着新生岩石圈向两侧扩张并逐渐冷却下去,至海沟处,冷却下来的岩石圈板块又重新插入上地幔软流圈中,渐趋消亡。这些相互作用的地区就是地质活动区。在这些地区发生着火山喷发、造山活动,一板块在另一板块下消亡(消减)以及一板块交叠在另一板块上(增厚)。这些活动产生的热物质就是岩浆。在地质活动带会产生岩浆侵入体,常见的表现形式是火山。板块边缘就成为地震活动和构造活动的主要源地,也是高温地热田的分布地带。

大量研究成果表明,世界范围内地热资源的分布有着明显的规律性。高温地热资源都集中在分布相对较狭窄的地壳活动地带,即公认的全球板块的边界;而低温地热资源则广泛分布于板块内部。但在板块内部一些存在热点、热柱的地方,也可能分布有高温地热资源。这就是说,地热的分布是严格受板块构造的控制。

2. 地热带分类

按照板块构造学说,全球的地热带可划分为板缘(或板间)地热带和板内地热带两大类。

(1) 板缘地热带

板缘地热带属火山型。在这些地方的地壳浅部,存在着强大的火山或岩浆热源,可以观测到高热流及高强度的区域地热异常,地表水热活动强烈,高温地热资源丰富,地热田温度普遍高于当地水的沸点,多数在200℃以上。

(2) 板内地热带

板内地热带是指板块内部地壳隆起区(皱褶山系、山间盆地)和沉降区(主要为中新生代沉积盆地)内广泛发育的板内低温地热带和少量在板内特定条件下(即有热点、热柱处)形成的高温地热带。

板缘地热带和板内地热带的主要区别在于:板缘地热带的板块边缘有近代火山喷发及岩浆侵入作为高温地热带形成的必备热源条件,属火山型;板内地热带的板内,除个别特殊情况外,一般无火山或岩浆热源,板内地热区的热源系来自地下水的深循环在正常地温梯度下由地壳内部获得的热量。板内曾发生过的多期岩浆活动对地热区的影响,主要取决于岩体侵入的地质时代。中新世(新第三纪早期)到第四纪以来的岩浆侵入和喷发对地热区的形成才有意义,这以前的岩浆侵入和喷发所带出的热量已消失殆尽。

板内低温地热带可分为隆起断裂型和沉降盆地型两大

类型。

隆起断裂型系指地壳隆起区多沿构造断裂带展布的常呈带状分布的温泉密集带。带的长度取决于构造断裂带的规模。其形成特征为：热水由地下水经深循环加热而成，浅部无近代火山或岩浆热源；热水沿深断裂带上涌至地表或浅部，常以温泉形式出露于山间盆地及滨海盆地或山前地带，多出露于河谷底部或阶地上；热水起源于大气降水；温泉区没有盖层或盖层较薄；在热水主流带附近常形成局部热异常，异常中心的地温梯度可比正常值高 2～3 倍以上；水质类型比较单一，在花岗岩、火山岩及片麻岩地区，大部分为低矿化的重碳酸盐钠质水，多呈碱性，水中氟及硅酸含量较多；在灰岩及砂岩地区，多为磷酸盐—钠—钙型水或重碳酸盐—磷酸盐—钠—钙型水。

沉降盆地型一般指地壳沉降区内沿基底或盖层内构造断裂带展布的地热带或大型自流热水盆地。它又可分为沉积断陷型与沉积拗陷型两类。

沉积断陷型热田的特点是：热水也是经深循环在正常地温梯度下由地壳内部获得热量；有较厚的隔热盖层；水源也是大气降水，有的地区尚有少量封存水（古沉积水）；基底岩层内断裂发育，深循环加热后的热水沿这些断裂上涌，富集于基岩顶面的突起部位或突起的一侧，形成隐伏热异常，其分布面积较大，从几平方千米到几百平方千米不等；水质以氯化物—钠质型水和氯化物—重碳酸盐—钠质型水为主。水中含氟及硅酸。这种类型热田与油田关系密切，所以油田勘探开发中常遇到热水。华北地区不少正在利用的地热井，最初就是油田勘探开发时打出来的热水井。

沉积拗陷型热田的特点是：地热水在水平或微倾的含水层中缓慢运行，水温接近岩层温度；地温梯度接近或低于正常值，水温较低；热储以层状为主；分布面积很大（几十至几百平方千米，有的可达数千平方千米）；水源大部分为古沉积水，为高矿化卤水，气体成分主要为甲烷。这类热田也与油气田和热卤水田关系密切。

3. 热点和热柱

近年来发现地球上有一百多个孤立的火山活动小区域,其地表热流值也很高。这些小区域被称为"热点"。它不一定分布在板块边缘,许多位于板块内部。从热点地区火山喷出的熔岩是包括较多锂、钾、钠等碱金属的玄武岩,说明是来自岩石层下深处的地幔物质。由于热点都在地球的深层,所以它不随板块一起运动,因此地表往往留下死火山的痕迹。

根据热点的特征,人们推测热点可能是"热柱"引起的地表现象。热柱是指一种上升的圆柱状高温物质流,它从地幔内上涌出来,然后像热的钻头不断向上开凿,一旦将岩石圈块凿通,岩溶便大量外溢形成火山。

地热区、地热田与热储

地热区是指在现时条件下,在技术经济上有开发利用价值的地热相对富集区,即地温梯度大于正常值的地区。只有具备良好渗透性热储的地热区,才成为地热田。地热田的概念及其面积圈定,在不同地区,对不同的利用方式,有很大的差别。如世界上一些用来发电的高温地热田,是以热储温度高于150℃来圈定地热田面积的,如果今后发电技术有所突破或高温资源不能满足需要而使开发150℃以下的资源成为必要时,热田面积就可以相应扩大。目前我国的一些中低温地热田,热水的利用温度很低,因此,有时将热储温度在40℃以上的地区也称为地热田。

热储系指地热流体相对富集,具有一定渗透性并含载热流体的岩层或岩体破碎带。热储分为孔隙热储和裂隙热储。砂层、砂卵砾石层、胶结较差的砂岩、砾岩和部分碳酸岩等属孔隙热储，火成岩、变质岩、部分碳酸盐岩和致密砂岩、砾岩属裂隙热储。它们以储存热流体的形式而加以区别，如两者并存时，则按孔隙热储考虑。

热储周围常是较凉的渗透性岩石，它们与热储具有水力联系，因此，天然状态下，水可在热储蓄和围岩之间流动，形成一个大的地热系统。热储仅是这一大地热系统的一部分。

奇特的地热显示

　　地热在地表有各种奇特的显示，如温泉、沸泉、沸喷泉、间歇喷泉、冒气穴、汽泉、喷气孔、沸泥塘、泉华沉积、火山爆发、水热蚀变以及水热爆炸、水热矿化等等。这些奇特的地热显示，有许多已成为闻名远近的难得的自然景观，成为旅游的热点。在这里介绍这些地热显示，不是为了介绍旅游景点，首先是因为它可以作为找热探热的标志。地热显示的存在，也可以预示深部可能存在着热田。

　　研究地热在地表的各种显示，对开发利用地热有着重要意义。当然，从地热利用的角度来审视这些千姿百态的地热显示，它又是十分宝贵的旅游资源。许多地热田由于拥有各种奇特的地热显示，加上秀丽的自然景色，会构成一幅十分动人的画面，成为人们理想的疗养和旅游胜地。此外，在地下热水及热卤水中，不仅含有许多有用的元素及化合物可供提取，如碘、硼、锂、铷、铯、氦、重水、各种气体和盐类等，而且有些金属和非金属能从地下热水及热卤水中沉淀出来，形成各种矿物。例如在热田附近常会发现金—银矿化、铁—铜、铅、锌等多金属矿化以及硫磺矿、汞矿、萤石、重晶石、硬石膏等矿化。这些矿化现象，通常都可作为找矿、探矿的重要标志而加以利用。常见的地热显示有下面几种。

温泉

温泉又称热泉或热矿泉,是指不断溢出地表的水温在 20℃以上的热水和矿水的水泉。由于气候、纬度和海拔高度的变化各地不一,所以目前各国多以 20℃作为温泉的下限。

沸泉

沸泉又称过热泉,指水在泉口不断沸腾着的水泉,水温达到或超过当地沸点。如我国西藏查孜沸泉海拔 5500 米,是我国已知海拔最高的沸泉,水温达 86℃,高于当地沸点 6℃以上。

沸泥塘

沸泥塘是温泉的一种特殊类型,以泥浆的形式存在。这种泥浆由水热蚀变的矿物及沸水组成。由于水热蚀变矿物的成分不同,因而呈现出各种不同的色彩。一般地说,水热蚀变矿物的成分主要是黏土,其中常常夹有明矾石、氧化铁和硫化铁等,使沸泥塘的泥浆具有乳白、黄褐或橙红等颜色。沸泥塘的泥浆因所含水量和水热蚀变矿物质的多少而有稀有稠,沸泥塘直径也由几十厘米到几十米不等。这种泥浆可作医用。

喷气孔

喷气孔的喷气现象常与火山作用和岩浆活动相伴生,与火山喷气活动和火山喷发后期的放气现象有关。这种从炽热岩浆中分离出的大量水蒸汽和气体,沿着岩石裂隙和构造通道喷出地表。这种喷出水蒸汽和气体的孔隙就称为喷气孔。

喷气的成分以水蒸汽为主,其次为硫化氢、碳酸气、硼酸以及氨气等。按照喷气成分的不同,喷气孔可分为喷气孔、硫质喷气孔、碳酸喷气孔和硼酸喷气孔等,其水温常在180℃以上。如果水热活动区的地表是由砂土等松散沉积物覆盖时,地面一般无明显的孔洞,此时,水蒸气是沿砂粒间隙冒出地表,形成大面积分布的冒汽地面。

世界上许多水热活动区由于分布有大量的喷气孔而成为可供工业提取硼砂、硫磺、碳酸气以及一些金属矿产的产地。值得注意的是,在火山喷气区,常常可以见到有毒的喷气孔,如意大利那波里附近的大洞、美国落基山的孔谷、日本兵库县马的岛地狱以及我国云南腾冲的扯雀塘等,由于这些地方的火山喷气中含有砷、硫化氢、碳酸气及其他有害气体,因此,会造成飞鸟及昆虫等生物的死亡。

喷泉

喷泉又称沸喷泉,是从地下连续不断地将热水或沸水喷射到地表的水泉。如云南腾冲澡塘河的蛤蟆口沸喷泉,水温超过当地沸点。

间歇喷泉又称间歇泉,它和其他类型温泉不同之处在于它具有周期性活动的特点,即间歇喷泉是地下的热水和蒸汽间断性地喷射出地表的水泉。间歇喷泉多属高温水热活动,热水的温度一般接近或高于纯水的沸点。这些喷泉区,泉华沉积十分宽广,常呈大面积分布,构成奇异的景观。

间歇喷泉是一种奇特而罕见的自然现象,常常坐落在风景秀丽的谷地。它是温泉的一种特殊形式,目前已知世界上有成千上万处温泉,但间歇喷泉为数不超过400处。在间歇喷泉区,还常见有大量的热泉、沸泉、沸泥塘、喷气孔等地表水热活动显示。新西兰有一间隙喷泉,该泉每隔十几分钟就喷发一次,蔚为壮观,周围还有大量的沸泥塘、热泉、沸泉等,风景秀丽,吸引了世界各国的大批游客。

为保护这一罕见的间歇喷泉,当地政府明令禁止大量抽取地下热水,地热供暖也多采用不抽水只取热的井下换热器供热系统。

间歇喷泉是在特定的大地构造环境中形成的,它的形成必须具备三个条件:储水室、供水通道及热源。储水室应能逐渐聚集起足够喷泉一次喷发的水量;供水通道的作用是将热水不断地从下部补充上来,而热源是最基本的条件,因为只有巨大的源源不断的热量才能驱动整个过程发生对流循环。上述三个条件缺一不可,例如,如果只有通道和热源而没有储水室,那就只能形成普通的温泉或沸泉。

泉华

当地下热流体沿着一定的通道上升至地表或赋存于地下浅部,由于温度和压力条件的变化,它们在地下深循环运移过程中,曾一度溶解矿物质于其中,这时又从流体中沉淀下来,形成色彩和形态各异的沉积,通常称泉华。泉华的种类在高温水热活动区主要为硅华、硫华,低温区有时也常有钙华。我国的藏、滇高温地热带中某些泉区常见到多彩多姿、景观秀丽的泉华。

火山爆发

火山爆发是人们从电视、电影或图片中经常见到的场景,灼热的岩浆从地下喷发出来,一切都被熊熊的烈火席卷着、燃烧着、毁坏着,呈现出一片可怕的景象。火山爆发现象常常给附近居民造成极大的威胁和危害,造成生命财产的严重损失。但是,火山也会给人类带来巨大的能源。如日本最大的八丁原地热电站就是建造在距阿苏火山 30 千米的地方;冰岛克拉弗拉地热电站就建造在破火山口内等。

火山爆发是一种最强烈的地热显示。近期历史上最强烈的一次火山爆发于 1883 年 8 月 27 日发生在爪哇岛和苏门答腊岛之间的喀拉喀托火山岛上,释放出来的能量相当于 20 万个投在广岛的原子弹,一个 75 平方千米的海岛全部被炸毁,火山灰上升到 27 千米高空。1815 年 4 月 5 日到 7 日发生在印尼巴畦岛坦博腊火山的一次大爆发,是喷出物质最多的一次,喷出的火山物质体积估计达到 151.7 立方千米,喷发后火山的海拔约降低了 1200 米,形成了直径为 11 千米的火山口。

已知地球上的活火山有 820 多个,其中海底火山近 70 个。世界活火山中大约有 80%分布在环太平洋地区,形成世界上著名的"火山环"。其次是大洋中脊,以大西洋中脊最为典型。此外还有地中海地区、埃塞俄比亚－东非裂谷带等。如果把世界火山分布与世界地热分布相比较,可以发现两者之间有许多相似之处,说明火山与地热有密切的关系。目前世界上许多正在开发的高温地热田都处于这些火山带上,如意大利、新西兰、冰岛、美国、日本和菲律宾等国的一些高温地热田都是如此。

水热爆炸

在高温地热区,常见到大大小小的坑穴,有的充水,有的不充水,坑穴的周围,还可见到散落的石块和砂土。这些坑穴就是由水热爆炸产生的。

水热爆炸是比较罕见的地热现象。一般认为,在高温地热区,由于近地表岩体中含有水温高达 200℃～250℃以上的过热水,当这些过热水上升到近地表时,因压力降低而突然大量汽化,容积大大膨胀,并产生强烈的冲击,冲破盖层并使盖层的岩石块及砾石、砂土等连同热水和蒸汽一起抛掷出地表,在地表形成坑穴,有的还形成热水湖和热水塘。这就是水热爆炸。

水热爆炸与间歇喷泉不同,它不具有周期性活动,一次爆炸消耗的能量要比间隙喷泉喷发所消耗的能量大很多。水热爆炸时是将热水(蒸汽)和盖岩一起抛掷到空中,而间歇喷泉喷发的则是热水和蒸汽。水热爆炸也不同于火山喷发,后者是直接喷出炽热的岩浆和析出火山气体,而水热爆炸没有岩浆参与。

世界上能见到水热爆炸现象的地区并不多,冰岛、美国、新西兰、意大利、日本和中国是可以见到这种现象的少数几个国家。我国西藏羊八井地热田在开发过程中曾出现几次水热爆炸。我国西藏普兰县水热活动区曾于 1975 年 11 月发生过水热爆炸,当时热水(汽)被抛掷到 800～900 米高空,爆炸后的穴口变成沸腾的热水塘,直径约 25 米。1975 年 11 月,在羊八井地热田的羊 2 井南侧 25 米处突然发生水热爆炸,汽水流夹带着大量泥沙猛烈喷出,喷高近 50 米,喷出的细泥沙一直飘到钻孔以西 300 米处,40 秒以后停喷。此后在钻孔南 15 米处开始喷水喷汽,2～3 天后即形成面积约 30 平方米的沸水水塘,塘中心的沸水和热水呈间隙性喷涌。

　　1977年12月4日下午2时半，羊八井热田的羊1井继羊2井之后，在钻孔位置上发生了一次水热爆炸。水热爆炸发生时，伴随一声巨响，泥砂、石块连同热水、蒸汽一起冲向高空，细泥砂散落在半径为300米的地方，爆炸后形成了直径为10～12米的爆炸坑。这次水热爆炸的诱因是钻孔打通了浅层热储，其内的过热水沿钻孔上涌，压力和相应的沸点也随着降低，导致大量过热水汽化扩容而发生水热爆炸。在羊八井的东北方，有一个面积达7350平方米的热水湖，湖水温度平均在50℃左右，湖面上常常升起白色的水蒸气，在雪山的映照下，景色十分秀丽。据说，这个热水湖也是水热爆炸形成的。

水热蚀变

　　当高温热水（汽）沿构造通道上升与围岩中的矿物或元素产生置换，无论是热水或围岩的化学成分或矿物成分都发生相应的变化，如热水失去一些钾，得到一些钙，围岩则发生方解石化、白云石化、绢云母化、高岭石化、沸石化等，这就叫水热蚀变。

　　在高温地热区，到处都可以见到水热蚀变现象。水热蚀变是预测深部是否存在高温热储的重要因素，地质学家十分重视地热区蚀变带的研究。在地热勘探中，应用某些水热蚀变矿物作为寻找地热储体的标志已取得显著成效。

水热矿化

　　当地下热水（汽）沿构造通道上升到地表时，由于温度、压力等条件的变化,除有泉华沉淀和形成水热蚀变带外,同时还有一些金属或非金属矿物沉淀出来,这就是人们在高温地热区看到的水热矿化现象。例如我国西藏羊八井地热田和滇西腾冲火山温泉区都发现有可供开采的硫磺矿。

有些火山岩地区,热泉中所含的金属元素沉淀后可达工业品位。除某些金属矿种外,还有一些非金属矿种,如明矾石、萤石、重晶石、石膏等矿床。许多实例证明,现代热水、热卤水的成矿作用仍在世界一些地方强烈地进行着。因此可以说,水热矿化现象的发现对进一步研究某些有用矿床的开发是有益的,它将使地热区发挥更大的作用。

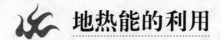

地热能的利用

地热能的早期利用

实际上,长期以来,人类一直在利用着地热资源。古代的罗马人和现代的冰岛人、日本人、土耳其人以及其他民族早就用地热水洗澡和取暖。在新西兰的毛利族也开发了天然热水来满足他们的生活需要。在新西兰可以看到利用地热的情景,在北岛罗鲁瓦附近的一个毛利人村庄里,可以看到这样一幅有趣的画面:渔民把捉住的鳟鱼放在沸水塘烹调,几米以外,他的妻子在给婴儿进行地热浴,他的女儿在从事家庭洗涮,同时在蒸汽孔上蒸煮马铃薯。

在欧洲西北面的大西洋里,靠近北极圈,有个岛国叫做冰岛。它的首都有个很奇怪的名字——雷克雅未克,原来的意思是"冒烟的海湾"。

这个怪名字是怎么得来的呢?

原来,许多年以前,当欧洲大陆上的人刚刚渡海来到这个岛上的时候,看到这儿的地面上老是冒着白色的热雾。他们以为地上在冒烟,于是就把这个地方叫做"冒烟的海湾"。

实际上,从雷克雅未克土地上冒出来的并不是烟,而是白色的水蒸气。这些水汽不是被天上的太阳晒出来的,而是从附近许多滚热的温泉里散发出来的。

那时候,人们没想到利用这些天然温泉当火炉取暖。在几个世纪当中,雷克雅未克的上空既冒着从温泉里吐出来一股股"热烟",又冒着从煤炉子里吐出来的一缕缕黑烟。直到多年前,雷克雅未克还是一个被煤烟熏得又黑又脏的市镇。

但是,昔日的"烟湾"已经变成了世界上最清洁的城市。现在居住在这个寒带城市的几十万人中,没有一家再烧煤取暖了,天空再也看不到一丝儿黑烟了。人们铺设了几百千米长的温泉管道,把将近 100℃ 的滚烫泉水引到家里,再送进暖气管和水柜。这样,即使是在寒风凛冽的严冬,这种"天然暖气"也能把屋里变得温暖如春,鲜花怒放。使用过了的热泉水,流到了室外的游泳池。有的地方,人们甚至可以直接用沸腾的温泉做饭。还有专门用温泉加热的室内菜园和果园,一年四季都生长着各种嫩绿的蔬菜,在北极圈附近种出了热带的水果香蕉……

大量的地下温泉,已经把寒冷的"冰岛"变成了温暖的"热岛"。

地球上许多地方都有温泉。在太平洋南面的新西兰北岛,有个被人们称为"沸泉"的工业城市——罗托鲁瓦市,它正好在一个由许多温泉组成的"热田"上面。在这里,到处都可以看到温泉喷发的奇观。站在远处眺望,白雾迷蒙;走近观看,只见沸热的白色水柱飞腾而上,呼呼作响,一直冲到空中,然后又变成"热雨"浇向地面。在罗托鲁瓦市的公园里,游人还可以利用有趣的"地热蒸笼"进行野餐:只要在地面的高温蒸汽喷口上搭个木框,便能蒸熟马铃薯和羊肉。每年都有无数的游客,从世界各地来观光"沸泉"城的奇景。

和冰岛一样,新西兰的人们也普遍使用温泉当"火炉"取暖。许多地方的学校、商店、旅馆和住宅,都有自己专用的"热井"。

利用地热取暖在许多国家都已很普遍，最负盛名的是冰岛雷克雅米克的区域供热系统。其他国家如美国、前苏联、新西兰、日本、匈牙利和法国等，也广泛利用地热取暖，在这些国家，很多办公楼、商店、旅馆，乃至私人住宅，都有自己专用的地热蒸汽井。

利用地热建立温室对农业生产有很大的意义。1974年，在海拔4000米的西藏谢通门县，卡嘎热泉区建成了青藏高原上第一座地热温室，温室内终年郁郁葱葱，生机盎然，盛产西红柿、黄瓜、辣椒等新鲜蔬菜，并在温室内栽培西瓜获得成功。在冰岛、前苏联的高寒地区，恶劣的气候条件使得正常的耕作难以维持，但利用地热温室，可以栽培蔬菜和鲜花。

地热还用于一些大量用热的工业部门，如新西兰用地热造纸；冰岛用地热回收和加工硅藻土；意大利早在18世纪就建立了利用地热生产硼砂的工厂，并沿用至今。

我国有着丰富的地热资源，各地已经发现的温泉，就有2000多处，但是云南一个省，就已找到温泉400多处，有的水温高达105℃。在西藏地区，有许多高温的沸泉和间歇喷泉，水温最高有90℃，已经超过了当地水的沸腾温度，人们把牛羊肉吊进泉水，很快便能煮熟。早期，人们还利用地热矿泉水治病，我国的藏族人民对此有很多研究。热水浴疗对在高原气候条件下的常见病和多发病，如风湿性或类风湿性疾病、瘫痪、哮喘、肠胃病等都有一定的疗效。

我国首都北京市有着丰富的地热能源，除著名的小汤山温泉区，北京市内的地下地热也很丰富。据记载，至少在300年前，就有人发现了小汤山温泉并加以利用。现在，小汤山温泉疗养院的理疗楼就不是用烧锅炉的方法取暖而是用温泉水取暖。水温达50℃的泉水从西泉眼抽出后，压入到总面积1400平方米的二层楼暖气管道，在房间内循环散热后，给住院疗养的人带来温暖，然后流到另一个泉眼，循环使用，在冬天室外气温达零度以下时，室内温度能达到18℃。

北京朝阳区曾有一个水产工作站,养殖产于莫三鼻给湾的非洲鲫鱼,但常常是"养"死的多,存活的少。原来这种热带鱼喜热不喜冷,只适合在水温25℃～33℃的温水中生活,如果水温低于15℃,它就"肚皮朝天"一命呜呼了。因此,很令人头痛。因为北京地区除夏天外,地面池塘中的水很难达到25℃～33℃这个温度范围。这样,一到冬天,所有的非洲鲫鱼都难逃过"鬼门关"。

为了养殖这种娇惯的宝贝鱼种,过去都是在天气转暖时,用飞机从南方把鱼苗送到北京,这样一来,这种鱼的价格就更贵了。为了把这种鱼的价格降下来,朝阳区水产工作站工作人员决定用地热温泉来试养这种非洲鲫鱼。进过三年的努力,非洲鲫鱼终于借助地下热水安全过冬,再也不必花高价空运鱼苗了。

北京的地下热水还用于农业育秧,使育秧期提前15天,亩产增加100～200千克,而且米的品质也得到了改善。

北京还开发了地下热水医疗项目,由于北京地下热水中富含氡、硫化氢、氟和二氧化硅等有医疗价值的物质,对治疗皮肤病有明显的疗效,因此,此项事业非常红火。

地热温度利用范围

地热能的利用可分为地热发电和直接利用两大类,而对于不同温度的地热流体可能利用的范围如下:

1. 200℃～400℃直接发电及综合利用。

2. 150℃～200℃双循环发电,制冷,工业干燥,工业热加工。

3. 100℃～150℃双循环发电,供暖,制冷,工业干燥,脱水加工,回收盐类,罐头食品。

4. 50℃～100℃供暖,温室,家庭用热水,工业干燥。

5. 20℃～50℃沐浴,水产养殖,饲养牲畜,土壤加温,脱水加工。

　　现在许多国家为了提高地热利用率,而采用梯级开发和综合利用的办法,如热电联产联供、热电冷三联产、先供暖后养殖等。

地热发电

　　地热资源的最大利用潜力是发电,世界上最早的地热发电站于 1940 年在意大利塔斯坎尼的拉德雷洛地区建成。在当地,温度为 140℃～260℃的蒸汽从地裂缝中喷出,因含有污染的化学物质,涡轮机不能直接应用,便将地热蒸汽引入热交换器,利用其热量加热净水,再将干净的水蒸气引入涡轮机。250 千瓦的发电机组开始发电。

　　地热发电和火力发电的原理一样,都是利用蒸汽的热能在汽轮机中转变为机械能,然后带动发电机发电。不过,地热发电不像火力发电那样,要备有庞大的锅炉设备,也不需消耗燃料,它的能源来自地热,如右图所示。

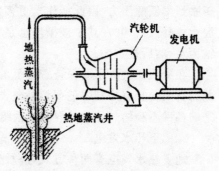

△ 地热发电示意图

　　根据地热流体类型的不同,地热发电方式基本上可分为两大类,即地热蒸汽发电与地下热水发电。

　　1.地热蒸汽发电

　　(1)背压式汽轮机发电系统

　　最简单的地热干蒸汽发电是采用背压式汽轮机发电系统,

如图所示。干蒸汽从蒸汽井中引出，并经过分离器分离出固体杂质之后，蒸汽就进入汽轮机做功，并驱动发电机发电。做功后的蒸汽直接排入大气，或用于工业生产中的加热过程。这种系统大多用于地热蒸汽中不凝结气体含量特别高的场合（因为这时抽气所消耗的功率较大），或综合利用排汽来为当地工业服务的场合。

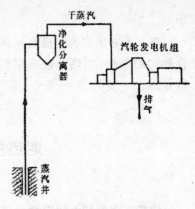

△ 背压式汽轮机地热蒸汽发电系统

（2）凝汽式汽轮机发电系统

为了提高地热电站的机组出力和发电效率，通常采用凝汽式汽轮机发电系统。在这种系统中，由于蒸汽在汽轮机中能够膨胀到很低的压力，因此能作出更多的功。做功后的蒸汽排入混合式凝汽器，并在其中被循环水泵打入的冷却水所冷却而凝结为水，然后被排走。

在凝汽器中为了要保持着很低的冷凝压力（真空状态），因此设有两台具有冷却器的射汽抽气器来抽气，把由地热蒸汽带来的各种不凝结气体和外界漏入系统的空气从凝汽器中抽走。

2.地下热水发电

地下热水发电有两种方式，一种是直接利用地下热水所产生的蒸汽进入汽轮机工作，称为"闪蒸系统地热发电"；另一种是利用地下热水来加热某种低沸点工质，使它产生蒸汽进入汽轮机工作，称为"双流系统地热发电"。现分述如下：

（1）闪蒸系统地下热水发电

采用闪蒸系统地下热水发电，不论是对地热湿蒸汽或地热热水，都是直接利用地下热水所产生的蒸汽来推动汽轮机做功。

不过，对于100℃以下的地下热水发电，如何把地下热水转

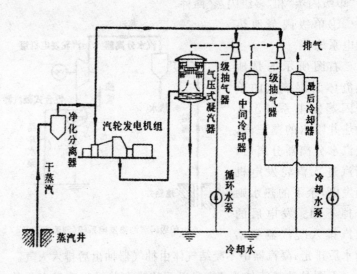

△ 凝气式汽轮机地热蒸汽发电系统

变为蒸汽来供汽轮机做功呢？这就需要了解水在沸腾、蒸发时它的压力和温度的特有关系。大家知道,水在一定压力下沸腾时具有一定的沸点,例如,水在一个物理大气压下沸腾时它的沸点为100℃。如果像在西藏高原上气压低于一个大气压,那么不到100℃水就沸腾了。例如气压为0.6大气压时,水的沸点为85.5℃。反之,如果压力愈高,水的沸点也就愈高,像现代的高压锅炉中,水要在几百度下才能沸腾。

根据水的沸点和压力之间的这种特有关系,我们就可以把100℃以下的地下热水送入一个降压的容器中去,只要这个容器的压力是小于一个大气压,而且与此压力相对应的水的沸点是低于地下热水温度,那么进来的地下热水就有一部分在这个低压容器中蒸发而产生蒸汽了。由于热水降压蒸发的速度很快,是一种闪急蒸发过程,同时热水蒸发产生蒸汽时它的体积要迅速扩大,所以这个容器就叫做"闪蒸器"或"扩容器"。用这种方法来产生蒸汽的发电系统叫做"闪蒸系统",或叫做"扩容法地热发电"。随着地热发电现有技术的发展,闪蒸系统地热发电还分为"单级闪蒸"和"多级闪蒸"两种。

①单级闪蒸地热发电系统

右图所示的是地热流体为湿蒸汽的单级闪蒸发电系统。从地热井喷出的湿蒸汽，经汽水分离器分离后，蒸汽进入汽轮发电机组发电，余下的热水则排掉不用。发电后的蒸汽排入凝汽器凝结

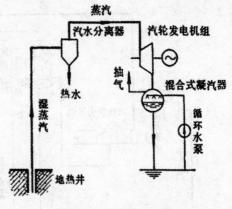

△ 单级闪蒸地热发电系统（湿蒸汽）

为水后排走，凝汽器中不凝结气体由抽气器抽出后排入大气。

下图是地热流体为 100℃ 以下的热水单级闪蒸发电系统。在这个系统中，为了排除地下热水中含有的各种不凝结气体——如二氧化碳、硫化氢、氧气及氮气等，以减轻抽气器的负

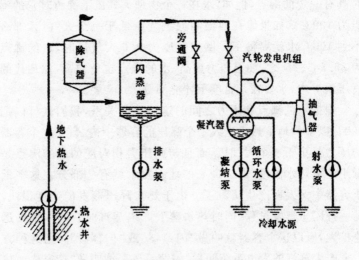

△ 单级闪蒸地热发电系统（热水）

荷和改善凝汽器的传热性能,在这个系统中设有一个除气器,从热水井中出来的地下热水首先进入除气器除气(排入大气),然后进入闪蒸器降压产生低压蒸汽。蒸汽进入汽轮发电机组发电后,排入凝汽器凝结为水后排走。在闪蒸器中只有一小部分热水转变为蒸汽,剩下的大部分热水则由排水泵排走不用。

对于 100℃ 以下的地下热水发电,闪蒸器中的蒸发压力必须小于一个大气压力才能产生蒸汽,因此在闪蒸器的出口管道上装有一条旁通管和凝汽器相联,以便通过抽气器对闪蒸器抽真空。根据电站的热力系统计算可知,闪蒸器的蒸发压力或相应的蒸发温度存在着一个最佳值。在此最佳值下,机组能发出最大的功率。

闪蒸器的最佳蒸发压力(或蒸发温度)通常要通过热力系统的不同方案计算,并由系统的技术经济比较来确定,以便合理考虑电站的初期投资和运行的经济性问题。作为一个例子,当热水温度为 91℃,冷却水温度为 28℃ 时,通过详细的方案计算比较,认为选用蒸发压力为 0.35 绝对大气压(蒸发温度为 72.2℃)是比较合适的。对初步估算来说,最佳蒸发温度可大致取为闪蒸器前的热水进口温度和凝汽器中凝结温度的平均值。

关于闪蒸系统地下热水发电,我国早从 1970 年开始进行试验研究,广东邓屋、湖南灰汤、山东招远、西藏羊八井等地都先后建立起闪蒸系统地热试验电站,从事研究工作。

②多级闪蒸地热发电系统

从对地下热水的能量利用角度来看,单级闪蒸发电系统是不经济的。因为从汽水分离器中分离出来的蒸汽,或从闪蒸器中降压蒸发产生的蒸汽,其数量都是很少的,一般约为 10% 左右(视地热流体温度而定),而具有和蒸汽温度相同的 90% 左右的热水所具有的能量,则随同热水一起被排掉了。为了利用这部分能量,以提高机组出力和电站的经济性,因此提出多级闪蒸发电系统。

一种两级闪蒸的发电系统。地热流体经过汽水分离器(或第一级闪蒸器）产生一次蒸汽进入汽轮机做功，而由分离器（或闪蒸器）排出来的热水则进入另一个闪蒸器产生二次蒸汽，并进入汽轮机的中间压力级（常称为混压级）与做了功的一次蒸汽混合后一起做功，最后一起排入凝汽器凝结为水后排走。在最后一个闪蒸器中大量未被蒸发的热水仍然排掉不用。

这种两级闪蒸发电系统的优点是，当使用同样条件的地热井时，可比单级闪蒸发电系统增加发电能力 15%～20%，而且汽轮机入口的最佳压力（一次蒸汽压力）约提高 30%，因此蒸汽管道和阀门尺寸都可减小。但由于采用两级闪蒸，总的建设投资约增加 5%。

③全流方法的地热发电系统

不管采用多少级的闪蒸发电系统，在最后一级的闪蒸器中，总还有相当一部分可用的能量将随着热水一起被排除掉。为了利用这部分热水能量，又提出一种新的地热发电系统，即全流系统。

如右图所示，在全流系统中，井口所产生的湿蒸汽不需经过汽水分离器的分离，而直接把汽和水一起送入一个膨胀机中去膨胀做功。如同汽轮机的工作一样，在膨胀机中，汽水混合的两相流体先在喷管中进行膨胀，把热能转变为动能，然后从喷管中喷射出来的高速流体，便驱动膨胀机的叶轮转动产生机械功，最后带动发电机发电。从图中可以看到，全流系统

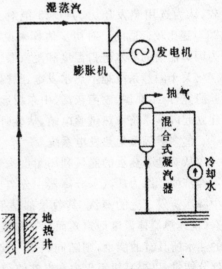

△ 全流方法地热发电系统

是一种很简单的系统,两相流体(汽和热水)在膨胀机中都膨胀到很低的压力(真空状态),因此能充分利用两相流体的能量。据分析,全流系统比单级闪蒸和两级闪蒸系统的单位净输出功率可分别达 60％ 及 30％ 左右。

当地热流体含盐量较高,并且是采用冷却塔或冷却水池来循环供给冷却水时,则全流系统的混合式凝汽器要进行改进,使盐水从蒸汽中分离出来,单独排走,不和冷却水混合,以防止冷却系统被堵塞。

(2)双流系统地下热水发电

双流系统地热发电,亦称低沸点工质地热发电,这种发电方式不是直接利用地下热水产生的蒸汽进入汽轮机做功,而是利用地下热水先来加热某种低沸点工质,使它变为蒸汽,然后以此蒸汽去推动汽轮机,并带动发电机发电。因此,在这种发电系统中,采用两种流体:地热流体作为热源,低沸点工质流体作为一种工作介质来完成将地下热水的热能转变为机械能。

我们知道,在常压下水的沸点为 100℃,而低沸点工质在常压下的沸点要比水的低得多。例如,氯乙烷在常压下的沸点为 12.4℃,正丁烷为 －0.5℃,异丁烷为 －11.7℃,氟利昂 12 为 －29.8℃等。这些低沸点工质的沸点与压力之间也存在着严格的对应关系。例如,异丁烷压力为 4.2 绝对大气压时沸点为 32℃,压力为 9 绝对大气压时沸点为 60.9℃等。根据低沸点工质的这种特点,我们就可以用 100℃ 以下的地下热水来加热低沸点工质,使它产生较高压力的蒸汽来推动汽轮机做功。

①单级双流地热发电系统

下图是这种发电过程的原理系统图,图中标明以异丁烷为工质的压力和温度的数值。

异丁烷工质在表面式预热器和蒸发器中被地下热水所加热,在离开蒸发器时,异丁烷变为具有较高温度(t_1＝60.9℃)和压力(p_1＝9 绝对大气压)的蒸汽,然后进入异丁烷汽轮机做功。做功后的异丁烷蒸汽由汽轮机排入表面式凝汽器,并在其中受冷

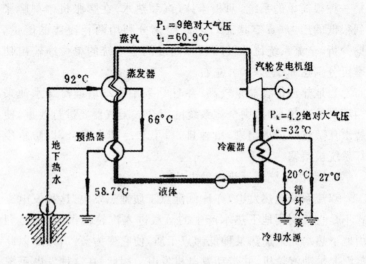

△ 单级双流地热发电系统

却水所冷却而凝结为液体,这时异丁烷的凝结压力为 $p_k = 4.2$ 绝对大气压,凝结温度为 $t_k = 32℃$。最后由工质泵将异丁烷液体升压至 9 绝对大气压送回预热器和蒸发器,完成一个闭合循环而重复使用。

从图中我们可以看到,在汽轮机的进、出口端异丁烷工质形成一个压力差($p_1 - p_k = 9 - 4.2 = 4.8$ 大气压),在这个压力差作用下,异丁烷得以在汽轮机中膨胀做功,并驱动发电机发电。

我国河北怀来、江西温汤、辽宁熊岳等地的地热试验电站,就是采用这种双流发电系统。

②两级双流地热发电系统

和多级闪蒸的目的一样,采用两级双流系统可以更有效地利用地下热水能量。在两级双流系统中,由深井泵抽出的地下热水分别通过两级的蒸发器和预热器,加热其中的低沸点工质,最后产生两级不同压力的蒸汽,分别进入汽轮机做功。做功后的蒸汽则汇同排入凝汽器凝结为液体,再由两台工质泵分别升压送回原系统。

③闪蒸与双流两级串联发电系统

当湿蒸汽的地热流体中热水所占比例很大时,为充分利用热水能量,亦可采取汽水分别利用的方式。由分离器分离出来的蒸汽直接送往汽轮机做功,按闪蒸地热发电系统工作;而由分离器排出的热水,则用来加热低沸点工质,按双流地热发电系统工作。

从以上介绍中可以看出,地下热水发电的方式是很多的,为了要充分利用地下热水的能量,提出了各种各样的地热发电系统。随着科学技术的发展,还会出现很多新的设想。这些新系统和新设想,目的都是为了提高地热电站的经济性。衡量地热电站经济性的指标主要有两个:一个是每吨热水的发电量(千瓦·小时/吨热水),它表明地热电站发电效率的高低;另一个指标是地热电站每千瓦的投资费用(元/千瓦),它表明电站建设费用的大小。在选择发电方式和进行热力系统的设计方案比较时是要考虑这两个经济指标的。

地热供暖

将地热能直接用于采暖、供热和供热水是仅次于地热发电的地热利用方式。因为这种利用方式简单、经济性好,备受各国重视,特别是位于高寒地区的西方国家,其中冰岛开发利用得最好。冰岛早在 1928 年就在首都雷克雅未克建成了世界上第一个地热供热系统,现今这一供热系统已发展得非常完善,每小时可从地下抽取 774 万千克 80℃ 的热水,供全市约 11 万居民使用。由于没有高耸的烟囱,冰岛首都已被誉为"世界上最清洁无烟的城市"。此外利用地热给工厂供热,如用作干燥谷物和食品的热源,用作硅藻土生产、木材、造纸、制革、纺织、酿酒、制糖等生产过程的热源也是大有前途的。

匈牙利是地热取暖利用的主要国家之一，取暖分布范围极广，总面积约为 $9.3×10^4$ 平方千米，占全国总面积的 2/3。地热供暖虽较地热农业和浴疗应用时间晚，但是发展速度很快，现已有 8 个城市，近万套住宅用地热水供暖。在匈牙利南部的森特什市已形成了一座规模

△　地热站

较大的地热供暖中心，可以向 360 户人家和 19 个教室、商店等建筑物供暖。

地热在法国是继水力、生物质能、城市固体垃圾之后的第四位可再生能源，占总能源的比例为 0.44%，居世界第十位。在过去的几十年中，法国特别注重发展低碳能用于建筑供暖，地热能已用于 20 万个住宅的供暖及热水供应。

地热供暖在美国地热直接利用的比例仅为 7%。虽然美国最早的地热供暖始于博依西市（1894 年），但发展不快，1983 年后建了 4 个供暖系统。1995 年在马姆莫斯湖和布瑞冶波特地区开始建设两个地热供暖项目。而卡尔莫斯和博纳丁诺尽管没有筹建新的地热采暖系统，只是扩大了原有采暖系统的规模。

近些年来天津市的地热供暖发展迅速，已有地热水井 184 眼，提供 150 多家居民用采暖和生活热水，无论从开发总量还是开发规模均居全国第一。自开发地热资源以来，天津市地热利用经历了 30 多年的历程，在 20 世纪 70、80 年代，由于开发利用的热水储层浅，水温低，用途单一，大部分用于工农业（占总量的 73%）。20 世纪 90 年代之后，采出的地热水温度最高可达

97℃，并且由单一用途转为综合利用，逐步发展为地热供暖为主，工业洗涤、农业温室、水产养殖、医学理疗、旅游康乐和饮用矿泉水等综合利用系统。

世界上只有六个国家的首都有地热资源，北京是其中之一。然而这一优势过去没有得到很好的重视，随着城市污染的日益严重，地热开始重新在京城"热"起来了。北京已有地热开发单位近百个，地热的开发利用主要集中在东南城区和小汤山，地热供暖面积达 42×10^4 平方米。北京市年开采 880×10^4 立方米地热水，相当 7.54×10^4 吨标准煤，减少污染物 2 万多吨。尤其值得一提的是，1999 年北京市政府投资 2000 多万元，在北京 5 个单位正式启动地热采暖示范工程，建立了地热热泵供暖系统。此外，为了更好地利用和节约地热水，北京市还制定了《地下热水资源收费方法》。

除此之外，全国北方许多地区都开发地热采暖工程，例如河北省的雄县、深州市、衡水市的城区都已经开发了地热采暖工程，供暖面积已达 200×10^4 平方米左右。雄县地热开发公司还准备从匈牙利引进技术和资金。

世界上最大两家地热应用工厂就是冰岛的硅藻土厂和新西兰的纸浆加工厂。我国利用地热供暖和供热水发展也非常迅速，在京津地区已成为地热利用中最普遍的方式。

地热供暖有多种方式，先就最常见的地热直接供暖、地热间接供暖、低温地板辐射供暖和地热热风供暖加以简单解说。

地热直接供暖系统是指来自地热井的地热水，经由传输分配系统直接送往用户的供暖系统。供暖后的尾水综合利用或回灌。

由于多数地热水对金属有腐蚀性，因而，供暖系统不得不采用装有钛板板式换热器的间接供暖系统。

采用换热器将地热水与供暖循环水隔开，地热水通过换热器把热量传递给洁净的循环水后排放或综合利用，循环水通过散热器供暖后再返回换热器加热循环使用。

辐射采暖是一种利用建筑物内部的地面、顶面、墙面或其他表面进行供暖的系统，供暖的散热设备实际上就是埋设在地板或其他表面内的管道，地热水在管内通过热量经管壁传出加热地板，产生对室内空间的辐射，这就是地板辐射供暖。

在辐射供暖系统的总传热量中，辐射传热量的比例通常约占 50％以上，所以习惯上把这种系统称为辐射供暖。

由于辐射供暖的卫生条件和舒适标准都比较高，早在 20 世纪 30 年代，国外有些高级住宅就已经开始采用。近些年来，由于埋管管材的不断发展，应用范围逐渐扩大，几乎各类建筑物都有采用地板辐射供暖的实例，效果也比较满意，地板辐射采暖需用低温热源，这也为降低地热排水温度创造了条件。

20 世纪 70 年代以来，随着塑料工业的发展，许多国家用塑料埋管来代替金属埋管，并取得成功，由于地板辐射供暖的埋管长期埋在地板中，因此，必须选择良好的材质才能保证长期的稳定性能。

低温地热地板辐射供暖就是在地板下敷设供暖管道，并通以低温地热水来加热地板，再由地板向室内放出热量的一种供暖方式。

采用低温地热地板辐射供暖的最大特点是舒适，它与采用以对流散热为主的散热器供暖房间相比较，其室内温度分布比较均匀，地面的有效温度高，上部的空气温度低，室温比较稳定，无效热损失少，创造了专门的微气候条件。更重要的是，它具有辐射照度和温度效应的双重作用，造成符合人体要求的热环境，从而产生最佳的舒适效果。

地热热风供暖适用于热耗量大的建筑物、间歇使用的房间和有防水防爆要求的车间。热风供暖是比较经济的供暖方式之一，具有升温快、设备简单、投资省等优点。

我国现有的地热供暖系统多数采用普通的自然对流散热器。实践证明，这类散热设备体积大，传热效率低，往往达不到理想的利用温降，使有些地热供暖系统排放的地热水温高达

45℃~50℃,让许多尚可利用的热量白白地浪费掉。而美国、法国、新西兰等地热资源比较丰富的国家,采用地热供暖的机械设备循环热风系统十分普遍,使热风供暖的特点在地热供暖系统中得到充分的发挥。

地热热风供暖系统包括水系统和风系统两大部分。

地热水系统通常有两种形式:直接式和间接式。直接式系统比较简单,投资小,但供暖系统受地热水的腐蚀比较严重,特别是腐蚀性较强的地热水。为此,通常采用钛板板式换热器将地热水与供暖系统循环水分开,也就是间接供热系统。

地热热风供暖的风系统一般可分为集中式和分散式两种形式。

地热制冷

利用地热制冷空调或为生产工艺提供所需的低温冷却水是地热能直接利用的一种有效途径。地热制冷是以足够高温度的地热水驱动吸收式制冷系统,制取温度高于7℃的冷冻水,用于空调或生产。一般要求地热水温度在65℃以上。

用于地热制冷的制冷机有两种:一种是以水为制冷剂、溴化锂溶液为吸收剂的溴化锂吸收式制冷机;另一种是以氨为制冷剂、水为吸收剂的氨水吸收式制冷机。氨水吸收式制冷机由于运行压力高、系统复杂、效率低、有毒等因素,除了要求制冷温度在0℃以下的特殊情况外,一般很少在实际中应用。

溴化锂吸收式制冷机具有无毒、无味、不燃烧、不爆炸、对大气无破坏作用等优点。虽然机组要求保持高度真空,且输出的冷媒水最低只能达到3℃左右等缺点,但溴化锂吸收式制冷机仍然是低温热源制冷系统中的最佳制冷机型。地热制冷的溴化锂吸收式制冷机有一级(单效)溴化锂吸收式制冷机和两级溴化锂吸收式制冷机两种机型。2002年中国科学院广州能源研究所研制出的我国第一套地热能100千瓦两级溴化锂吸收式制冷系统,安装在广东省梅州市五华县汤湖热矿泥山庄。

利用地热能进行制冷为建筑物或生产工艺提供所需的低温冷冻水,不仅能使地热能得到高效利用,而且吸收式制冷机使用的工质对大气层没有破坏作用,与氟利昂相比是一种对环境友好的制冷机型。同时,利用地热制冷空调或为生产工艺提供所需的低温冷冻水,可节约大量的电能。

地源热泵

热泵是消耗一定高品位能源把能量从低温物体传递到高温物体的设备,这一过程如同水泵一样,可以将水从低处提升到高处。简单地给热泵一个确切的定义:热泵就是能实现蒸发器和冷凝器功能转换的制冷机。

地源热泵也称为地热热泵,它是以地源能(土壤、地下水、地表水、低温地热水和尾水)作为热泵夏季制冷的冷却源、冬季采暖供热的低温热源,同时是实现采暖、制冷和生活用热水的一种系统。它用来替代传统的用制冷机和锅炉进行空调、采暖和供热的模式,是改善城市大气环境和节约能源的一种有效途径,也是国内地源能利用的一个新发展方向。

1912年,瑞士人Zoelly首次提出利用浅层地热能(地源能)作为热泵系统低温热源的概念,并申请了专利,这标志着地源热泵系统的问世。至1948年,Zoelly的专利技术才真正引起人们普遍的关注,尤其在美国和欧洲各国,开始重视此项技术的理论研究。1974年以来,随着能源危机和环境问题日益严重,人们更重视以低温地热能为能源的地源热泵系统的研究。

现今,地源热泵已在北美、欧洲等地广泛应用,技术也趋于成熟。

美国正在实现每年安装 40 万台地源热泵的目标;在瑞士、奥地利、丹麦等北欧国家,地源热泵在家用的供暖设备中占有很大比例。

我国具有较好的热泵科研成果与应用基础,早在 20 世纪 50 年代天津大学开展了我国热泵的研究。20 世纪 80 年代末以后,国内各大院校开始了研究地源热泵的热潮,在 2001 年宁波召开的全国热泵和空调技术交流会和 2002 年在北京召开的国际热泵会议上,国内外有关人士开始关注我国这个很有发展潜力的大市场。我国也加强了地源热泵的应用研究力度,自行研究和生产地源热泵机组的厂家已达十几家,如山东的富尔达、北京的中科能、沈阳的东宇等。另外,一些国外知名公司在国内也设立了销售部门,并在北京、天津、广州、重庆、山东、河南、湖南、辽宁、西安、黑龙江及河北等地建立了工程。我国已有 100 多个地源热泵工程,供热/空调面积达 100 余万平方米。这些工程几乎都是以地下水作为热源的水源热泵系统。地下埋管的地源热泵系统,仅在山东、天津、湖南、河北及吉林等地有示范工程,并取得了初步效果。

但从总体上看,我国地源热泵的发展还不够规范,基础研究上还有待进一步完善,行业之间缺少必要的合作交流,这些因素都或多或少影响我国地源热泵的产业化发展,需要进一步拓宽渠道和加强国内国际间的技术合作和成果交流。

地热孵化

地热孵化是近年来逐渐发展起来的一个地热能利用项目,它是利用地热水通过散热设备把热量输送到孵化箱。孵化箱内由电接点温度计、电磁阀等原件组成的温、湿度控制系统,可以自动调节孵化箱内各点的温度和湿度。孵化温度一般保持在38℃左右，不能高于42℃，也不能低于24℃，否则容易造成胚胎死亡或停滞。另外，还必须根据胚胎发育的状况，严格控制箱体内温度，做到"看胎施温"。

我国已利用地热进行孵化的方法大体可以分为两种：立体孵化（箱式和室式）和平面孵化（室式）。用得较多有三种立体孵化箱，其原理基本相同。

利用地热能进行孵化，经济效益十分显著。天津市里自沽农场经过 4 年的努力，于 1986 年建成了一个养种鸡、育雏、孵化、水产养殖和生活用水的地热利用系统。经过多年的经营仅孵化一项就可以每年节省 32.8×10^4 千瓦·小时电，节省了大量的常规能源。

地热干燥

地热能在工业领域应用的范围也很广，包括烘干、工艺加热、汽化、蒸馏、洗涤、盐分析取以及化学萃取等。地热干燥就是其中一项。

地热干燥就是利用中低温地热水中的高热焓部分，经热交换器产生热风，用它对不同物料进行脱水，达到产品的深加工。

地热干燥后的地热尾水仍可以进行其他项目的综合利用，如采暖、种植、养殖、生活用水等，因此，地热干燥可提高中低温地热综合梯级利用的热能利用率，同时，也可提高地热利用的总体效益。

此外，地热干燥属于产品加工业，只要有充足的原料和稳定的市场，就可全年生产，这样可使地热利用在一定程度上达到全年的均衡利用。

根据我国地热干燥的实践，只要地热水温度大于 70℃，就可以通过热交换器产生 55℃ 以上的热风,用于农副产品的烘干。如果地热水温在 70℃ 以下,则需和太阳能或其他能源互补进行干燥。当然,地热流体温度愈高,干燥项目的经济性也愈好。

应该注意的是,地热干燥作为地热梯级综合利用的一个组成部分,不宜单独使用一口地热井,而应与其他地热利用项目共用一口地热井,形成合理的梯级综合利用体系,同时,要使地热水流量和不同利用项目的规模相匹配。

地热干燥产品应根据当地的原料市场、市场需求和劳动力等情况来确定,为了能形成一定的生产规模和产生较好的经济效益,地热水温不应低于 80℃。

虽然世界上大型地热工业应用项目较少,但是仍然在蔬菜水果脱水、粮食和木材干燥等许多方面有着应用前景。

各种蔬菜、水果和一些需要干藏的食品的脱水和各种物料(包括粮食、煤、混凝土等)的烘干都是地热干燥的应用范畴。

地热养殖

地热在农业中的应用范围十分广阔,如利用温度适宜的地热水灌溉农田,可使农作物早熟增产;利用地热水养鱼,在 28℃ 水温下可加速鱼的育肥,提高鱼的出产率;利用地热建造温室、育秧、种菜和养花;利用地热给沼气池加温,提高沼气的产量等。

将地热能直接用于农业在我国日益广泛,北京、天津、西藏和云南等地都建有面积大小不等的地热温室。各地还利用地热大力发展养殖业,如培养菌种,养殖非洲鲫鱼、鳗鱼、罗非鱼、罗氏沼虾等。随着农业技术的不断发展,养殖的品种也越来越多。

地热水产养殖可以分成两大类,一类是大规模生产性养殖,另一类是建立观赏区,包括垂钓等休闲娱乐项目。这里所说的指的是生产性养殖。

生产性养殖在农村一般采用地热塑料大棚。它是地热水产养殖的主要形式,以鱼苗养殖过冬为最多。鱼苗可以出售,也可以在当地的大面积鱼塘里放养。在地热水产养殖大棚里,池水和空气所需保持的温度由地热水供热解决。

地热塑料大棚可以养殖的水产品很多,如罗非鱼、罗氏沼虾、河蟹、甲鱼、鳗鱼、牛蛙等,还可以进行热带鱼繁育或引进新品种。

高密度水产养殖是现代化的大规模地热水产养殖的另一种形式。这类鱼池建在比较正规的如同温室一样的封闭结构内,覆盖材料也不限于塑料薄膜。

下面以地热养殖罗非鱼和甲鱼为例简略说说地热水产养殖。

1.地热养殖罗非鱼

随着罗非鱼养殖品种的更新,罗非鱼的养殖利润逐年增加,鱼种供不应求,其中罗非鱼的越冬是缓解供需矛盾的一个主要环节。而利用地热水保护罗非鱼越冬可以取得很好的经济效益和社会效益。

这种温室池一般采用树脂棚面,四周铺双层薄膜,中间加泡沫塑料板,保温性能好。在我国北方地区,10月中旬水温降至17℃左右时,就需要将室外养殖的罗非鱼苗移入温室水池,温池的水质和水温都有一定的要求,水质要保持清爽,水温控制在20℃左右,当水温降低时,加注地热水,调节池水温度,以夜间加注为主,加注新水的时候必须注意温差不宜过大。四月鱼种出池也是一个重要环节,要求水温稳定在18℃左右。

2.地热养甲鱼

利用地热水养殖甲鱼,产量高,效益好。甲鱼的养殖除采用先进的人工配方饲料保证甲鱼的营养需要,科学地进行分级饲养管理,加强病害防治外,对池中水温的要求也很高。根据试验,甲鱼在30℃水温中,饲料效率最高,生长速度最快。一般甲鱼人工养殖池棚采用钢架塑料结构，用51℃～59℃的地热水调温，终年保持水温在28℃～30℃左右，使得甲鱼在恒温下生长。到冬季当年的甲鱼苗就可以养成50克以上的幼甲鱼。现在养殖甲鱼大多数采用集约化养殖方式，甲鱼的排泄物量很大，容易败坏水质。结合调节水温，将池水进行部分交换，但仍然需要保持中等温度，以透明度25～30厘米为宜，使得日光、养分、温度取得良好的协调，促使水中绿色藻类大量繁殖，起到生物调节水质的作用利于甲鱼的养殖成活率。

不同的鱼类生长所需要的水温不一样。例如，罗非鱼各个生长阶段适合的温度范围在17℃～28℃之间；甲鱼适合生长于30℃左右的温度，但地热水温度一般都比较高，超出了鱼类生长温度范围，必须调节控制养鱼池温度，使其满足不同鱼类生长需要。为了维持冬季鱼池温度，使鱼苗顺利越冬，必须经常用人工调节地热水流量的方法来控制鱼池的温度。但这种控制温度的方法精度不高，对鱼类的生长不利，而且浪费人力和地热水资源。随着计算机科学的发展，池温的微机控制系统已经得到广泛应用。

微机温度控制系统由硬件和软件两部分组成，硬件部分是实现控制的基础。其中温度检测电路由测温电桥和放大电路构成。它是利用感温元件热敏电阻的阻值随温度变化的特性，将温度的变化经过不平衡电桥和放大器转换成电压信号，然后输送到模/数转换模块。

模/数转换模块就把代表温度的电压模拟量转换成计算机可以接受的数字量，以供计算机进行处理。定时电路可以对鱼池内的温度进行定点定时的检测和控制。由于鱼池热容量比较大，温度变化缓慢，不必连续采集温度数据和调温，一般可以每10秒进行一次检测，然后根据新的检测值进行控温。控制输出电路的作用是将计算机输出的控制信号放大，使可控开关关断或导通，以此来控制电磁阀的开闭，比较精确地控制鱼池水温。

我国地热水中氟的含量都比较高，一般在0.5～17毫克/升之间,最高可达 40 毫克/升。个别地区开采的地热水中镉、砷、酚的含量也比较高,超出了我国渔业水质标准容许的浓度。

鱼和其他生物有机体一样,在生长发育的过程中能够直接从环境介质中摄取化学物质,由于生物富集的作用,鱼体内有害化学物质的浓度增高,以至于超过环境中的浓度和食品卫生标准,通过食物链间接危害人体健康。因此利用地热养鱼必须保证水质符合渔业养殖标准。

另外,地热水中含氧量都比较低,而溶解氧是生物生长的必要条件,养殖水体的溶解氧应保持在 4 毫克/升,否则容易引起鱼类窒息死亡。最好的办法是向水体中充氧,并派专人不断监测水体中溶解氧的含量,使其保持在较高的水平。

地热旅游

地热旅游开发是一个有着巨大经济效益的项目。有的地热资源温度不高、水量不大,埋藏又较深,如果开发出来仅仅为了取地下热水,往往得不到什么经济效益,即所谓的得不偿失。有的地热资源虽然温度很高,也有一定的水量,但由于它有独特的地热景观,将它作为能源开发,也未必是最佳的选择。如果能将这些景观与旅游业结合起来开发,其效益和影响可能远远胜过按能源来开发。

地热旅游开发是要具备一定条件的,但是这种条件的形式和运用方法则是多种多样的。除了必须有地热条件外,要作为旅游项目来开发,还必须考虑当地是否有美丽的山水景色,是否有便利的交通或者具有适宜的气温等其他旅游资源。

常见的一些地热旅游开发形式有:

(1)利用当地的地热资源及秀丽的山水景色,开发以温泉浴、度假村和娱乐为一体的地热旅游项目。

（2）利用奇特的地热景观来发展旅游，如当地有喷泉、间隙喷泉、沸泉、沸泥塘、喷气孔等奇特的地热地质现象。

（3）利用现代大型地热温室中的人工山水和奇花异草设置茶座，或构成生态餐厅。

（4）利用现代大型农业地热温室，开发高科技农业参观购物游。

（5）利用地热水产养殖和现代化高密度水产养殖技术，开发包括垂钓在内的地热水产乐园。

新西兰罗得洛瓦市是一个著名的间隙喷泉旅游胜地，喷泉每隔几十分钟喷发一次。喷泉周围是一片冒着热气的地热田。为了充分利用地热喷泉开发旅游事业，当地的投资者在该喷泉附近建造了一栋几十层高的"国际饭店"，方便各国游客居住，还在宾馆旁边单独建造了一座可容纳近千人的大餐厅。每晚 7 点举行一次别开生面的旅游者风情宴会。

位于西安市的华清池温泉是我国久负盛名的旅游胜地。唐代大诗人白居易的《长恨歌》中有"春寒赐浴华清池，温泉水滑洗凝脂"的赞美诗句，将唐明皇和杨贵妃之间的爱情故事与华清池联系起来，为此人们都想亲临当年杨贵妃洗浴之处一探究竟。这也就造就了华清池旅游胜地的美名了。

我国云南省的腾冲地区是著名的高温地热区，有各色各样的地热景观，是在这里建造地热电站，还是开辟成地热旅游胜地，多少年来，人们一直在讨论争论着。现在，大家渐渐达成了共识：应该充分利用这里众多的千姿百态的地热景观，建成我国著名的地热旅游区。如果要建地热电站，选址也应该避开这一景观区，而且发电以后不会使这些景观消失。

有一座地热生态园茶座可作借鉴。这个茶座实际上是一个玻璃覆盖的地热温室，面积大约有 1000 平方米，室内建造成一个小花园，有假山、流水，曲径通幽处种植着奇花异草，或随机摆放着别致的盆景。在温室的一端用木板搭起一个有上下层的茶座，面积有百平方米左右。茶座上层放置许多小座椅，游客可在

地热能的利用

此品茶喝咖啡吃点心,边聊天边赏景,其乐融融。下层则为配餐操作室,店主在这里煮咖啡,配点心。茶座前面有栏杆,可凭栏远眺,还可从小木梯下来去花园赏花。这座小小地热生态园茶座被店主经营得红红火火,远近闻名。

温泉浴疗

温泉浴疗即指温泉热矿泉疗养。由于水中含有多种对人体有益的矿物成分,使其具有独特的功能,既能健身,又能治病,所以受到人们的青睐。我国利用温泉治病有着悠久的历史,古今诗人墨客留下大量诗篇来歌颂这些治病温泉。

随着人们生活水平的提高,温泉浴疗得到了迅速发展,除一些著名的温泉区外,在有中低温地热水出露的地方,也都纷纷建立温泉疗养院,开展更科学、更有效的以温泉浴疗为主的综合保健和治疗研究,取得了很好的效果。

温泉疗养院是供慢性患者、康复期病人及健康人员治疗与修养的医疗预防机构。它主要是利用自然理化因子及人工物理因素,配合恰当的休息营养制度和文娱体育活动,辅以药物治疗,达到恢复健康、增强体质的目的。

温泉疗养院的主要设备是各种理疗设备、体疗设备、泥蜡疗设备、矿泉浴、日光浴等设施及必要的诊查、生理功能检查设备等。

温泉游泳是集娱乐与体育锻炼于一体的一项有意义的项目。在冬季寒冷的气温条件下,温泉游泳馆更是一个难得的比赛、锻炼和娱乐场所。

各地室内游泳池的现状是,数量少,一般多接待专门进行训练的运动员。冬季开馆费很大,除去必要的管理、服务、水电等费用外,尚有一笔很大的供热支出。

在有丰富的地热资源的城镇,一般都用地热水供暖或建设地热温室,用后排放的地热尾水量很大,温度多在 35℃～45℃ 之间,有的甚至高达 50℃,如果将这些供暖后的地热尾水用于洗浴、疗养、游泳等项目,将大大提高地热利用率。利用地热水建造温泉游泳馆就是开展地热综合利用的一个很好的项目。

建造温泉游泳馆也要因地制宜,拿我国来说,例如,要在南方,冬季室外气温较高,因而可以在露天建造温泉游泳池,也可以在娱乐休闲活动场所建造专供游人锻炼、娱乐用的温泉戏水池。在北方,冬季气温很低,温泉游泳需要建造室内的游泳馆。

这里要注意温泉和矿泉的区别。

根据我国编制的中国医疗矿泉分类方法,我国的热矿泉可划分为三大类型大区,每一类型又按水化学特征分为若干亚类区。分类的原则是按水的化学成分、气体成分、特殊组分、矿化度、pH 值、温度及水化学形成的主要作用等来区分。

1. 热矿泉

我国热矿泉的划分如下:

(1)碳酸矿泉水大区

这类矿泉水是现代火山作用和近期岩浆活动造成的特殊类型矿泉水,在火山口附近热矿泉成群出现,温度极高,时常形成沸腾的泉水和强烈的水汽混合物。本带矿泉水最主要特征是含有大量二氧化碳,其形成和富集与火山作用及深部热变质作用有关。水化学类型为重碳酸钙型、重碳酸钠型和氯化钠型。本大区可划分为以下两个区。

①含碳酸气冷的碳酸矿水区

本区泉水温度一般低于 20℃,游离二氧化碳超过 1 克/升,逸出的二氧化碳占气体总量的 70%～90%,矿化度 0.5～2 克/升,含铁(二价)较多,水化学类型以重碳酸钙型为主。主要分布于长白山区、辽东半岛宽甸和新县、五大连池、大兴安岭及其以南的内蒙高原、祁连山中段、青海东部、广东东江流域和江西南部等地。

②含碳酸气、碳酸气－硫化氢高温碳酸矿水区

本区水温最高可达 100℃以上，游离二氧化碳一般不超过 1 克/升，矿化度一般大于 2 克/升，水化学类型以氯化钠型和氯化物重碳酸钠型为主。主要分布于西藏高原、云南西部、四川西部和台湾大屯火山等地。

(2)含氮气热矿水大区

本大区广泛分布于山区不同岩层中，在花岗岩类岩石分布地区的热矿水，水化学类型主要为重碳酸钠型，普遍含有较高量的放射性氡、氟及偏硅酸；在石灰岩等地层分布区，往往形成重碳酸钙型、重碳酸硫酸盐型热矿水；在沿海地区可形成矿化的氯化钠型热矿水。本大区划分为以下两个区：

①弱矿化的含氮气热矿水区

本区水的温度绝大部分超过 42℃，最高可达 120℃，水的矿化度一般小于 1 克/升，水化学类型以重碳酸钠型水为主，次之为硫酸钠型水。水中含有氡、氟和偏硅酸。气体成分主要为氮气，并有氧和少量的惰性气体。

本区为我国分布最广的一个区，主要分布于小兴安岭南部、辽东半岛、山东半岛、冀热山地、太行山、东南沿海各省山区（包括南岭）、秦岭、昆仑山、天山及阿尔泰山等地。

②矿化的含氮气热矿水区

本区水的温度一般较高，可达 40℃～102℃，矿化度在 1～10 克/升，大多数在 3 克/升以下，水化学类型为氯化钠型，含有微量的氟、溴、碘等特殊组分，主要分布于沿海地区各省。

(3)含甲烷－硫化氢热矿水大区

本区在地表无温泉出露，分布在大平原或大型盆地中，矿水的补给来源除大气降水外，尚有部分古沉积水。本大区与油田有密切关系，可分为以下两个区。

①中等矿化的甲烷、氮－甲烷热矿水区

本区水的温度较高，随深度不同一般可达 40℃～80℃，最高达 112℃。水的矿化度为 3～8 克/升，水化学类型以氯化物

或氯化物重碳酸钠型水为主,气体成分以氮一甲烷为主,含硫化氢。本区主要分布在松辽平原、华北平原以及边缘地带的北京、天津地区等地。

②高矿化的甲烷、甲烷一硫化氢热矿水区

本区水的温度相对较低,大部分为中低温矿水,深部有高温矿水。水化学类型为氯化钠型水,矿化度一般可达 50～100 克/升,最高可达 330 克/升以上。热卤水中富含锂、铷、锶、溴、碘、硼等特殊成分,气体成分以甲烷一硫化氢为主。本区主要分布在江汉平原、四川盆地、柴达木盆地、塔里木盆地及准噶尔盆地等。

2.矿泉的分类

矿泉不一定都是温泉,温泉也不都是矿泉。矿泉是指泉水中所含的盐类成分、矿化度、气体成分、微量元素以及放射性成分达到或超过规定值的这种泉水;而温泉是依泉水温度高低来划分和界定的。1982 年在青岛召开的全国疗养学术会议上,对温泉分类作出了新的修改和规定:25℃以下叫"冷泉";25℃～33℃叫"微泉";34℃～37℃叫"温泉";38℃～ 42℃叫"热泉";43℃以上叫"高热泉"。会议修改的我国医疗矿泉新分类法,将我国的医疗矿泉按其水质的特点共分为 12 类,即淡泉、碳酸泉、硫化氢泉、铁泉、碘泉、氡泉、溴泉、砷泉、硅酸泉、氯化物泉、重碳酸盐泉、硫酸盐泉。分述如下:

(1)淡泉

淡泉是指在 1 升泉水中,总固体成分不足 1 克,其他少数微量元素、气体成分、放射性成分与化学成分等皆未达到医疗标准,而矿泉温度在 34℃以上者而言。

淡泉在医疗上的应用,多以浴用为主,治疗时温度的不同其作用是不相同的,在 34℃～36℃的不感温浴时起镇静作用,而40℃～44℃高温浴时又增加了兴奋作用。由于皮肤血管扩张,促进血液及淋巴循环,改善皮肤和神经营养,从而促进新陈代谢。在动植物的实验中,淡泉对植物的萌芽有抑制作用,对其生长却有促进作用。对动物的胚胎发育和生长亦有影响。

40℃～42℃的高温浴对各种慢性风湿性疾病、神经病、神经炎等病有缓解和镇痛作用,但超过此温度的高热浴却往往使病情加重。此外,应用不感温微温浴的镇静作用,进行长时间(1至数小时)持续浴治疗神经官能症、植物神经紊乱、精神病亦有良好效果。

(2)碳酸泉

碳酸泉是指在1升泉水中,碳酸气的含量超过1克以上而言。碳酸泉是医疗矿泉中价值很高的一种矿泉。我国目前比较有名的碳酸泉是辽宁省貔口矿泉及黑龙江省五大连池矿泉。前者碳酸气的含量是 2.073 克/升,后者含量是 1.814 克/升。

碳酸泉对心血管疾病有较显著疗效,对肥胖病以及各种代谢障碍疾病也有良好的效果。碳酸浴时,碳酸气对皮肤知觉神经给予最特殊的刺激,所以浴后立即感到温暖、愉快、轻松。碳酸浴能使皮肤血管高度扩张,使循环血量平均增加 30%。它还能增加静脉张力,使静脉血向心回流。碳酸浴还能起降低动脉压的作用。这是由于周围血管扩张、阻力减小所致。饮用碳酸泉水时,由于能刺激胃黏膜使其充血而增强胃的血液循环,有促进胃液中游离盐酸分泌作用。它还能促进胃肠蠕动,增进通便,有助消化,所以也有增强食欲作用。饮用碳酸泉水明显增加肾脏的水分排出,因而还有利尿作用。

碳酸泉适应治疗如下病症:

①饮用疗法适应症:慢性胃炎、胃酸减少、慢性便秘、轻度血管硬化等。

②浴用疗法适应症:轻度冠心病、心肌炎、周围循环障碍、血管痉挛、雷诺氏病、血栓形成后遗症、坐骨神经痛、多发性神经炎、慢性盆腔炎、创伤等。

③吸入疗法适应症:支气管哮喘、过敏性鼻炎。

(3)硫化氢泉

硫化氢泉是指在1升泉水中总硫量(包括三氧化硫、硫等)

的含量在 10 毫克以上而言。

硫化氢浴对皮肤产生刺激，通过接触皮肤上皮形成硫化碱。硫化碱具有皮肤软化和溶解角质作用。此作用并可深入皮肤深部，故对慢性皮肤病有良好作用。硫化氢进入皮肤后，刺激皮肤内神经末梢和血管内感受器，促使皮肤产生组胺等物质。这些物质作用于皮肤血管，使皮肤血管明显充血扩张，故在皮肤上出现境界明显的发红现象，这种发红现象比碳酸浴及其他浴疗皆明显。

在中高浓度硫化氢浴时，由于皮肤血管扩张，皮肤血量和循环血量都增加，故对血压有神经调节正常化作用。硫化氢泉浴还对呼吸、神经系统及肾功能产生影响。

硫化氢泉可以治疗如下病症：

①饮用疗法适应症：慢性胃炎、习惯性便秘、慢性胆囊炎、胆石症、慢性汞与铅及砷中毒、糖尿病等。吸入时适合气管炎、支气管炎、支气管哮喘、肺气肿等。

②浴用疗法适应症：循环机能不全疾病、早期脑血管硬化病、感染性脑膜炎后遗症、植物神经紊乱症、坐骨神经痛、多发性神经炎、慢性风湿性关节炎、亚急性风湿性及类风湿性关节炎、肌纤维组织炎、骨关节病、骨与关节损伤后运动障碍、慢性附件炎、慢性盆腔炎、湿疹、牛皮癣、荨麻疹、神经性皮炎、皮肤瘙痒症、金属中毒、创伤、糖尿病、慢性胃炎、慢性支气管炎等。

(4)铁泉

铁泉是指在 1 升泉水中，铁离子含量在 10 毫克以上者。自然涌出的矿泉，一般皆含有二价铁离子盐，但几乎不含三价铁离子盐。

铁泉主要适于饮用及浴用，多以饮用治疗内科疾病，主要是对贫血有良好疗效。

内饮铁泉水恰如临床医师应用铁制剂治疗贫血的道理一样，在治疗贫血时容易吸收又能促进造血机能的主要是二价铁（Fe^{2+}）。一般天然的铁泉含有铁盐又多是二价铁，故将做贫血治疗方法而进行饮用是更合理的。铁泉是极稀薄的溶液,对胃肠黏膜刺激又很微,并无副作用,故它更是治疗贫血的良好药剂。

浴用时铁盐几乎不透过皮肤被机体吸收,只有在铁离子状态时方能透过皮肤被机体吸收。铁泉的收敛作用更较明显,为此,浴用对皮肤病及妇女生殖器黏膜病颇为有效。

铁泉适应治疗如下病症:

①饮用疗法适应症:各种贫血、慢性失血性贫血、寄生虫贫血、萎苗病、病后体质虚弱、慢性妇科疾病,慢性皮肤病等。

②浴用疗法适应症:慢性皮肤病、慢性风湿病、慢性贫血、神经官能症、慢性妇科病、下肢溃疡、各类疾病恢复期、营养不良等。

(5)碘泉

碘泉是指在 1 升泉水中,碘(I)含量在 5 毫克以上者。

碘是以极微量存在于各矿泉中。碘除由皮肤吸收外,还可由呼吸与黏膜吸收,吸收后的碘多存集于甲状腺、脑垂体、肾上腺、卵巢中。碘是生命所必需的物质,缺乏它会导致机体发生严重障碍,碘能明显地激活机体的防御机能,在风湿性关节炎以及淋巴系统中更明显。碘又有促进和吸收作用,在高血压及动脉硬化病中对血管的作用极为明显。碘在各种炎症病灶的积集有显著的促使病变吸收、溶解瘢痕,并能促进组织再生作用。浴后碘又能降低血脂,使脑磷脂明显下降。饮用碘泉亦有促使病变炎症吸收、扩张血管、提高代谢以及刺激支气管分泌稀释痰液而有祛痰作用。

碘泉适应治疗如下病症:

①饮用疗法适应症:月经失调、更年期综合征、高血压、动脉硬化。

②浴用疗法适应症:动脉硬化、甲状腺机能亢进、风湿性关节疾病、皮肤病。

(6)放射性氡泉(镭射泉)

放射性氡泉是指在 1 升泉水中,氡气的含量在 3 贝可以上者。

在矿泉疗法中,放射性氡泉占有很重要的地位。人体神经细胞对放射性辐射有亲和力,对放射性辐射非常敏感,所以氡水浴能使神经系统表面兴奋。许多研究证实,在氡浴中,氡及其分解物辐射的作用能使机体组织发生的结构变化,如黏性降低、光谱吸收加强以及 pH 值变化等。

此外,辐射对碳水化合物代谢及脂肪代谢也有一定影响。氡进入人体主要通过 3 种形式发生医疗作用:

①在皮肤上形成放射性活性薄膜,能对机体产生刺激作用;

②氡穿透皮肤或黏膜进入人体,进而随血液分布到全身器官组织,起治疗作用;

③经呼吸道进人体内,再从呼吸器官途径排出体外,起治疗作用。

氡泉适应治疗如下病症:

①饮用疗法适应症:痛风、尿结石、风湿病、神经痛、胃痉挛、胃及十二指肠溃疡、习惯性便秘、胆石症、消化不良、慢性胆囊炎等。

②吸入疗法适应症:配合浴用可以治疗支气管炎、神经痛、偏头痛、末梢神经炎等。

③浴用疗法适应症:高血压病、冠心病、闭塞性动脉内膜炎、心肌炎、慢性关节炎、亚急性风湿及类风湿性关节炎、外伤性关节炎、慢性脊椎炎、周围神经炎、脊髓神经根炎、坐骨神经痛,各种麻痹、痛风、糖尿病、慢性附件炎、更年期综合征、不孕症、牛皮癣、慢性湿疹、神经性皮炎、过敏性皮炎等。

(7)溴泉

溴泉是指 1 升泉水中,溴含量超过 25 毫克以上者。

溴也是人体必需的微量元素之一,多出现在血中及垂体前叶。它是构成生命组织重要的物质之一,能抑制中枢神经系统并有镇静作用。

饮用及浴用疗法适应症为：神经官能症、植物神经紊乱症、神经病、失眠症等。

（8）砷泉

砷泉是指在1升泉水中，砷含量在0.7毫克以上者。

砷多共同存在于氯化铁、硫酸盐类以及碳酸泉水中。砷在机体内的作用极重要，砷与有机硫结合的亲和力大，故它多含于富有硫的器官中，如皮肤、肝中。它与有机硫（硫基）的亲和力是砷在机体内的作用基础，故其作用表现在代谢方面。

（9）硅酸泉

硅酸泉指在1升泉水中，硅酸含量在50毫克以上者。地下热水中的硅酸，主要以偏硅酸和正硅酸的形式出现。

硅酸盐是人体正常生长和骨骼钙化不可缺少的，也是生命不可缺少的元素。浴用时，对皮肤及黏膜有洁净洗涤消退作用。饮用时能缓解动脉硬化维持动脉弹性，起保护动脉内膜使脂质不能侵入的作用。

硅酸泉适应治疗如下的病症：

①饮用疗法适应症：动脉硬化、心血管病。

②浴用疗法适应症：湿疹、牛皮癣、荨麻疹、瘙痒症、阴道炎、附件炎等妇女生殖器官黏膜疾病。

（10）氯化物泉

氯化物泉是指在1升泉水中，总固体成分在1克以上，其中阴离子主要是氯离子，阳离子主要是钠、钙、镁，结合时主要形成氯化钠、氯化钙、氯化镁。

氯化物泉中最常见的是氯化钠泉，亦称食盐泉。其中每升泉水中的氯化钠在1～5克时称弱氯化钠泉，5～15克称中等氯化钠泉，15克以上称强氯化钠泉。

浓度较低的氯化钠泉无特殊医疗作用。当泉中氯化钠含量在5克/升左右，而总固体成分又高时，其渗透压已达生理盐水水平，此时，应用微温浴疗，对创伤、烧伤、痔核、皮肤病等有良好作用。高浓度氯化钠泉浴用时，浴后特别感到温暖，原因是浴后氯化盐附在体表,防止体内水分蒸发。若氯化钠在泉中含量达10％以上,就应禁止应用。

氯化钠泉适应治疗如下病症:

①饮用适应症:慢性胃炎、胃酸减少症、糖尿病、肥胖病、慢性支气管炎、慢性鼻炎,慢性咽炎、喉炎等。

②浴用适应症:湿疹、牛皮癣、神经性皮炎、皮肤瘙痒症、慢性胃炎、胃酸减少症、胃肠弛缓症、慢性胆囊炎、神经痛、神经炎、神经衰弱、妇科慢性附件炎、不孕症、更年期综合症、创伤、痔核、下肢溃疡、外伤后遗症、慢性风湿痛、肌纤维组织炎、骨关节病、糖尿病、肥胖病、静脉炎等。

③吸入适应症:鼻炎、咽喉炎、气管炎、支气管炎等。

(11)重碳酸盐泉

重碳酸盐泉是指在1升,泉水中总固体成分在1克以上者。其中阴离子主要是重碳酸离子,阳离子主要是钠、钙、镁,结合时主要形成重碳酸钠、重碳酸钙和重碳酸镁。三者功能有所不同。

重碳酸钠泉浴用时呈碱性反应,能软化和溶解皮肤的表层,有净化皮肤、脂肪、分泌物的作用。饮用时,主要是重碳酸钠能中和胃液中游离盐酸而使胃的酸度减少,或变碱性,故多用于胃酸过多症者。对膀胱炎、肾盂肾炎引起的尿呈强酸性也有良好的作用。

重碳酸钠泉浴饮用疗法适应症是慢性胃炎、胃酸过多症、胃痉挛、胃及十二指肠溃疡、慢性胆囊炎、胆石症、糖尿病、肥胖病等。吸入适用于咽喉炎、气管炎、支气管炎、支气管哮喘等。

重碳酸钙泉浴用时,钙离子有轻度收敛作用,可干燥皮肤,除去皮脂,对湿润性皮肤病与慢性溃疡有效。饮用时,钙离子可通过胃肠黏膜进入血液中,能提高血液的黏血性,减低血管的透过性,有消退炎症作用。钙又有减弱神经系统的兴奋性与亢进肾上腺素作用,故对植物神经系统有调整功能。饮用这种泉水后,病人尿中尿酸溶解性增高,有利于肾、膀胱尿酸结石的治疗。

重碳酸钙浴用疗法适应慢性湿疹、牛皮癣、慢性溃疡等;饮用疗法适应慢性胆囊炎、胆结石、胃酸分泌过多、慢性肠炎、痛风、慢性腹泻等；吸入疗法适应气管炎、支气管炎、过敏性病等。

重碳酸镁矿中钙镁离子的适宜含量对人体的保健作用是不可低估的，尤其钙镁合理搭配，钙、镁比值为 3:1 最好，与人体血液中钙镁比值相当，易被人体吸收，故对预防人体心血管病有疗效。

(12)硫酸盐泉

硫酸盐泉是指在 1 升泉水中，总固体成分大于 1 克者。其中阴离子主要是硫酸离子，阳离子主要是钠、钙、镁，结合时主要形成硫酸钠。

硫酸钠泉饮用时在临床上是与泻剂同样有效。由于泻下作用能使食物迅速从肠管通过，减少食物营养吸收及利用率，成为一种脱脂作用，或称饥饿作用，可协同运动疗法、食饵疗法等治疗肥胖病。

硫酸钠泉浴用疗法适应症基本与弱氯化钠泉同；饮用疗法适用于习惯性便秘、肥胖症、慢性胆囊炎、糖尿病、胆石症等。

硫酸钙泉浴用时，钙的致密作用和硫酸根的加强代谢作用，能改善嘌呤代谢和尿酸的排出，有利于泌尿系统炎症、磷酸盐结石及肾功能改善。饮用时，也有泻下作用，并有明显的利尿作用。对肾及膀胱结石、泌尿系炎症、糖尿病、痛风、慢性肠胃炎、创伤、牛皮癣、慢性湿疹、荨麻疹、瘙痒症、痤疮等有疗效。

硫酸镁由于其弥散性小又不被肠管吸收，能使肠内永久保持流动状态，对肠管特别是大肠的蠕动起亢进作用，促使排便。饮用硫酸镁泉有促进胆汁排泄作用，对胆囊、胆管起洗涤作用。

硫酸镁泉以饮用为主，其主要的适应症是习惯性便秘、肥胖病、慢性胆囊炎、胆石症、胆道胆管炎、肠内中毒、荨麻疹等。

(13)矿泉治疗和矿泉浴

矿泉疗法是利用矿泉水预防和治疗疾病的一种方法。矿泉水能够治疗多种疾病，防病健身，主要在于矿泉水的温度、浮力、压力的物理作用，以及矿泉水水质成分的药物化学性能和所含放射性元素对机体各系统器官功能调节的综合作用。

矿泉的治疗作用如下：

①浮力作用

矿泉水的相对密度比淡水高，所以人体在其中所受的浮力也比淡水大。由于浮力的关系，使肢体重量在水中变轻，运动很容易，有利于运动障碍的肢体运动。此外，温泉水可促进肢体的血液循环，所以对关节功能障碍、骨折的后遗僵硬症、神经麻痹、肢体瘫痪，均有利于功能的恢复。

②化学作用

化学作用是矿泉水所独有的作用。矿泉水的化学作用取决于它所含的化学成分。饮用时，化学成分经过胃肠黏膜吸收进入血液发挥作用。浴用时则通过皮肤进入人体，有的不经过皮肤吸收，而是附着在皮肤上，形成有医疗价值的药分子薄膜，对人体的末梢神经感受器发挥作用。浴疗时还可经呼吸道把气体成分和挥发性物质（如氡、二氧化碳、硫化氢等）吸入体内，从而发挥治疗作用。

③压力作用

人体在入浴时，胸围及四肢都因静水压力而缩减，如胸围可缩减 1～3.5 厘米，因而吸气感到困难，呼气感到舒畅，这就加强了呼吸运动和气体交换，对肺气肿、支气管哮喘病人有利。同时因肢体受压，特别是下肢，使静脉血液回流变得容易，右心血容量增加，从而血输出量也就增加，促进了血液循环和物质代谢作用。

④温度作用

温水浴可以使末梢血管扩张，脉搏加快，血压下降，能降低神经系统的兴奋性，对神经系统抑制弱化、动脉硬化、高血压、脑溢血后遗症的功能恢复都有一定的治疗效果。

矿泉浴疗法是矿泉疗法中最常用的形式。根据矿泉的性质、疾病的性质及患者的体质不同，又有不同的疗法。矿泉浴是外用矿泉最广泛的一种方式，可以用盆浴或池浴进行。

淋浴又称机械水疗,是用不同温度、压力的矿泉水喷向全身和面部的一种疗法。它具有温度和显著的机械刺激复合作用。淋浴需要专门的设备,用以改变水温和压力,以便实施各种淋浴。常用的有直喷浴、扇形淋浴、冷热交替浴、雨样淋浴、针状淋浴、雾状淋浴、上行淋浴、周身淋浴等。

半身浸浴,沐浴时患者坐在浴池或浴盆里,上身背部用浴巾覆盖以免受凉。一般来说,半身浴有兴奋作用、强壮作用和镇静作用。

全身浸浴是矿泉浴中最常用的治疗方法,沐浴时让患者安静仰卧浸泡在浴池或浴盆里,水面不得超过乳头水平,以免影响心脏功能。

饮泉疗法是根据矿泉水所含的矿物质,制定饮用的方法及治疗疾病的种类。由于矿泉浴的最高温度为 43℃,因此,供矿泉浴的地热水温度不得低于 45℃。为使矿泉水供应不受停电、水泵故障等突发事故的影响,应考虑修建蓄水池。水池要高出水疗室地面 3 米左右,蓄水体积要 15～25 立方米。

气泡水浴疗法系利用人体最宜接受的空气和水作为治疗因子,由水和气泡产生各种浮力、压力、机械及化学作用,使周围的血管扩张,促进血液循环,并可以调节神经系统,影响呼吸的次数和深度,提高肌肉的工作能力,使肌肉张力减低,减轻疼痛和痉挛,增强新陈代谢。这种水疗法不仅对全身系统的疾病如关节炎、慢性软组织疾病、风湿性及类风湿性疾病、烧伤后期的康复等有良好的治疗作用,对运动员、演员及体力劳动者迅速解除疲劳、恢复体力也有明显的效果。如在矿泉水中加一定的药物,对治疗骨质增生、糖尿病、神经衰弱、颈肩腰腿病、皮肤病及肥胖病都有很好疗效。这种水泡浴适应对象广泛,几乎没有副作用,在国外一些地方已普及到家庭,是非常受欢迎的一种保健养生方式。

地热行医

地热被应用于人类医疗及卫生保健事业,远在工农业应用之前,有着十分悠久的历史。关于地热医疗,我国古书上有很多记载,最早可以追溯到公元前 4000 年。

地热在医疗领域的应用有诱人的前景,目前热矿水就被视为一种宝贵的资源,世界各国都很珍惜。

用于洗浴医疗的地热水,通常称为"矿泉"。地热矿泉治疗疾病很多年前就被人类所认识,有许多矿泉被供为"圣水"、"仙水"。世界上许多矿泉出露的地方既是疗养区又是游览区,矿泉的周围青山翠谷,溪水瀑布,加上矿泉独特的疗效,吸引着成千上万的游人前来旅游疗养。

地热矿泉习惯上常被称为温泉,而实际上两者的含义有所区别。矿泉是依靠水中所含盐类成分、矿化度、气体成分、少量活性离子及放射性成分的多少来划分的,而温泉是以泉水的温度来确定。

关于医疗矿泉的划分和定义,至今世界各国均不统一。我国将其定义如下:"从地下自然涌出或人工钻孔提取的地下水,含有 1 克(每升水)以上的可溶性固体成分,一定的特殊气体成分与一定的微量元素,或具有 34℃以上温度,可供医疗与卫生保健应用者,称为医疗矿泉。"

根据矿泉含有的化学成分的不同,矿泉可分为以下几种:氡泉、碳酸泉、硫化氢泉、铁泉、碘泉、溴泉、砷泉、硅酸泉、重碳酸盐泉、硫酸盐泉、氯化物泉、淡泉。

根据矿泉温度的不同,又可分为以下几种:冷泉(25℃以下)、微温泉(26℃~33℃)、温泉(34℃~37℃)、热泉(38℃~42℃)、高热泉(43℃以上)。

国外利用地热医疗历史也很久远，1742年一位德国医师首次测定了某些地热矿泉的化学成分，为地热医疗技术的发展打下了基础。到了20世纪初，地热医疗技术才得以迅速发展和广泛应用，先后在前苏联、罗马尼亚、波兰、德国、法国、美国以及日本都建立了地热矿泉研究所。

日本位于环太平洋火山活动带上，有着丰富的地热资源，素有"温泉之国"之称。他们依据这些优势建起矿泉保健所700多家，矿泉旅馆一万多个，并利用地热显示和火山地貌等独特景观开展旅游。

匈牙利虽然人口不多，但地热浴疗和疗养业却很发达，在欧洲和世界都处于前列，目前建有地热疗养院200多家。他们在矿泉附近构筑风格各异的建筑群，与秀丽的自然风光相融合，使人乐而不疲。地热疗养院里设施齐全，技术先进，清洁舒适，再加上良好的服务和独特的疗效吸引着众多的国外病人，也是很好的创汇项目。此外，在匈牙利西北部的沙尔堡市一家地热水晶体制造有限公司，还利用地热水制造出供家庭矿泉浴疗用的矿物晶体粉，对风湿、皮肤、肌肉扭损、妇科等疾病有疗效。

法国维希矿泉水以其疗养价值闻名于世界。疗养区的环境优美，疗养设施豪华，设备和项目繁多，每年接待来自世界各地的旅游者达数十万人。

我国的矿泉医疗事业也有很大的成绩，至今上千处矿泉疗养院分布祖国各地，从事矿泉医学的科技和医务人员数以万计，几十年来使数百万慢性病及伤残患者获得康复。我国有矿泉疗养院上千家，历史上著名的有鞍山的汤岗子、广东的从化、北京的小汤山、西安的华清池等。另外，在辽宁、北京、广东等地还有许多规模不等的矿泉研究机构。特别是近些年来，随着市场经济的发展和各种新型医疗保健技术的引进，再加上人们保健意识的增强和消费观念的改变，全国各地建立了许多现代化的温泉医疗保健和娱乐场所，产生了难以估价的社会效益和经济效益。

汤岗子温泉位于鞍山以南 7.5 千米,是新中国第一座温泉理疗医院。现拥有床位 1000 多张,占地 $64×10^4$ 平方米。疗养院共有温泉 18 穴,水温在 57℃～65℃间,最高可达 70℃左右。经过几十年的努力,现已成为全国最大、蜚声中外的著名疗养胜地和慢性病治疗中心。拥有的七大临床科系及水、泥、蜡、电、声、光、磁等 60 余种物理疗法和传统医学及西医疗法,对治疗风湿、类风湿、腰间盘突出症、银屑病等主要疾病有着雄厚的技术力量和丰富的临床经验。

地热水用于医疗在北京历史悠久,小汤山疗养院曾是全国著名的温泉疗养胜地之一。近几年新建的龙化温泉和南宫世界地热博览园是受到北京人欢迎的旅游度假胜地之一。其中南宫世界地热博览园有比较高的科技含量,250 平方米的多功能映视厅系统介绍了地球内部的热状态,以及地热作为新能源开发的意义和远大前景。并在园区内实际展示了地热梯级开发利用的模式,包括两座彩钢拱顶覆盖的 4000 平方米温泉养殖园和垂钓馆,有热带名贵观赏植物和高档花卉及特种蔬菜的温泉种植园,以及 4000 平方米建筑新颖的温泉游泳池和嬉水乐园,可满足成人和孩童的不同需要。

广东温泉形式多种多样,吸引了众多游人,如超声波水力按摩温泉、木温泉、石温泉、花草温泉、酒温泉、咖啡温泉、瀑布温泉、冲喷温泉等。新兴的温泉保健旅游乐园十分注重文化品位,既有田园风情,又有现代风格;既有江南水乡情调,又有日式泉韵;既有宫廷式的服务,又有当代时兴的自助服务。其中最具代表性的是珠海的御温泉。珠海御温泉利用传统中医药理论,研制和开发了多种有益于人体健康的温泉浴池,使游客能享受到不同功效的温泉呵护和滋润。御温泉开发出的灵芝、人参、当归、芦荟、金银花、柴胡、薄荷、甘草、矿物盐、药物酒等几十种不同风格的温泉池,创造了名花汤、名木汤、名酒汤和独创的"六福汤 N 次方"(六大系列多次变化的中药配制)温泉沐浴新概念,深受港、澳、台同胞及广大游客的喜爱。广东其他地区,像恩平、阳江、五华等地,都有很好的温泉度假村。

全国各地也有许多地热度假村和康复中心。例如青海西宁市郊 15 千米的塔尔寺风景区,利用地热为 5000 平方米宾馆和 10000 平方米度假村供暖,并有温泉游泳池和理疗中心等。

我国利用地热治疗疾病的历史悠久,含有各种矿物元素的温泉众多,因此充分发挥地热的医疗作用,发展温泉疗养行业是大有可为的。未来随着与地热利用相关的高新技术的发展,将使人们更精确地查明更多的地热资源,钻更深的钻井,将地热从地层深处取出,因此地热利用也必将进入一个飞速发展的阶段。

但要注意的是,地热能在应用中要注意地表的热应力承受能力,不能形成过大的覆盖率,这会对地表温度和环境产生不利的影响。

人造热泉

地热资源储存有不同形式,在火山地区和深层的高温岩层中,滚烫的干热岩里既没有水,也没有蒸汽,怎样才能把它们的热量取出来呢?要知道,1 立方千米干热岩里所储存的能量,相当于一个产油 1 亿桶的大油田。可以想象,如果能把这些能量开采出来,那将会给人类带来多么大的便利。

美国科学家首先想出了好办法,而且进行了多次实验,那就是开凿人造热泉。

在探明地下有干热岩的地方,用特制的钻具往岩层深处打孔,一直钻到高温岩体中。有时孔要打到 6000 米深,有时孔钻到 2000～3000 米就够了。这时就用水泵向孔里压入冷水,让水直达高温岩体,使热岩体遇冷裂开,水则在岩体裂缝中被加热,然后从打好的另一个孔中把热水抽出来。得到的热水被抽出后,立即形成高压蒸汽。利用这些蒸汽推动汽轮发电机就可以发出电来。

美国建造了一座人造热泉发电厂,其发电能力为 5 万千瓦。另外,美国还钻了两眼深达 4389 米的地热井,先把水泵入井内热岩层上,12 小时后再抽上来,这时水温高达 375℃。

日本在山形县最大郡大藏村实验场,通过管道每小时向深 2200 米、270℃温度的地下岩体注入高压水 60 吨,使岩体产生裂缝,每小时可获得 9 吨蒸气、27 吨热水。连续 1 个月从岩体引出 180℃蒸汽,驱动汽轮发电机发电。

现在,日本、德国、法国、英国等都在加紧开发干热岩发电技术。虽然还都处在实验阶段,但前途光明,沉睡在地下的能量将被唤醒而为人类造福。

岩浆发电

许多人都亲眼目睹或从电视上看到过火山喷发时喷出的高温岩浆,其景象甚是壮观,但制造出的悲剧也很惨烈。火山喷发给人类造成的灾害不胜枚举。当一些城市被火山灰和岩浆吞没从地球上消失时,就可以想象出火山岩浆热能无坚不摧的威力。

既然是高温岩浆,它就蕴藏着巨大能量。能不能在火山喷发前利用地下的高温岩浆为人类造福呢?在科学发达的今天,这一问题早已提上议事日程。

在美国夏威夷群岛上的活火山经常喷出岩浆,然后以滚滚"红流"注入太平洋,激起的蒸汽热浪冲天而起。美国科学家从热浪中看到了希望,这些蒸汽不正是火力发电厂用来驱动汽轮发电机所需要的蒸汽吗?可不可以用火山岩浆的巨大热能来发电呢?

1975 至 1981 年间,美国能源部决定,首先进行火山岩浆发电的可行性基础研究,并在夏威夷岛基拉厄阿伊基熔岩湖搞了一个实验场，进行野外工程试验。1984 年，试验旗开得胜，证明地下深处的岩浆中储有大量热能，而且有办法发掘出岩浆中储存的热能，然后提取到地面上来。

在一系列研究之后，美国于 1989 年选定了用岩浆发电的发电厂址，计划在加利福尼亚州的隆巴列伊地区打一口 6000 米的深井，利用地下岩浆发电，计划为期 8 年，20 世纪 90 年代中后期建成岩浆发电厂。

这一宏大的计划设想，用泵把水压入井孔直达高温岩浆，水遇到岩浆变蒸汽后引出到地面，用蒸汽驱动汽轮发电机发电。实践证明，单从一口井中得到的蒸汽热能发电量，就可以抵得上一台 5 万千瓦的发电机组。

美国能源部计算后宣称，仅美国的岩浆能源量可折合为 250～2500 亿桶石油，比美国矿物燃料的全部蕴藏量还多。

日本是世界上有名的多火山国家之一，因此紧跟美国之后，从 1980 年开始在日本岐阜县烧岳地区进行了高温火山岩发电的实验。日本新能源开发机构成功地从 3500 米深处的地下高温岩体中提取出了 190℃的高温热水，方法是在花岗岩体中打两口井，往其中一口井中灌入凉水，再从另一口井中抽出高温热水。据实践证明，每分钟灌入 1100 千克凉水，可连续回收 900 千克 190℃的高温水。

1989 年，日本新能源开发部又在山形县大藏村利用高温岩体连续地获得高温热水和蒸汽。他们在相隔 35 米的距离内钻了两口 1800 米的深井，以每分钟 500 千克的流量向一口井中灌进凉水，从另一口井抽出的水就被岩体加热到 100℃以上。

英国也不甘落后，从 1987 年开始，在一个叫鲁斯曼诺斯的地方进行岩浆发电实验。因为这儿有一个废弃的花岗岩矿，花岗岩层下面就是热岩层，是英国一个温度最高的热岩地带。岩层温度比其他地方都高。在 2000 米深处的岩体温度约 100℃，在 6000 米深处，热岩可以把水加热到 200℃。一口井就能产生 1 万千瓦的电力，可持续用 25 年时间。

英国已在 1995 年建成一个 6 兆瓦的热岩发电厂,可满足两万人口小城镇的电力需求。

岩浆和热岩发电,把过去只会危害人类的火山岩浆变成为有用的能源,这是人类用智慧征服大自然的又一个奇迹。尽管岩浆发电技术还不是很成熟,但它是能源动力中的一颗非常有潜力的新星。

人造地热能

为了解决全球变暖以及对于干净能源的大量需求的问题,人造地热能逐渐成为 21 世纪产生地热能的一种新方法,这一概念是在 20 世纪 70 年代最先提出的,但是一直没有受到重视,因为地热分布地区极为受限,于是有人提出采用深度钻孔技术于任何地方钻至靠近地底熔岩附近区域,至少钻两口井,一口井注入热水,一口井收回地热蒸汽发电,如果成本允许钻更多回收井则可以减少散失蒸汽,增加发电效能。

虽然人造地热能原理简单,但是由于所需井深要达到 5000米以上,又要通过许多坚硬花岗岩地壳,传统冲钻法需磨损数百具高价钻头,成本太大,而地底状况难以掌握有可能钻出水汽不能流通的废井,加上地热的关注度远不如太阳能和风力高,诸多因素使人不愿投资而停于实验阶段。

随着新兴科技,例如水热钻机、等离子钻机的概念已经提出,钻井成本有望大幅下降,届时地热能不受位置和气候影响能提供 24 小时稳定基载电量的特性,建设时间、成本又远低于核能,有望成为最具竞争力的绿色能源和全球变暖的解救方案。

地热钻井技术

钻探是查明地下热流体分布和储存条件的基本手段,是地热普查勘探中的重要环节。由于钻井费用很高,如我国华北地区 2000~3000 米的井,一般需要 1100~1300 元/米。

钻探的目的在于验证过去工作所定的地热范围和最有希望的地段是否正确,以便正确地确定热水源地,选择最合理的采水(蒸汽)地段并计算它的储量等。一般来说,在勘探初期,应以控制地下热流体的分布、埋藏和了解地质、水文地质条件为主要目的。

钻孔的深度,在高温地热田,一般为 500~2000 米,但现在有的井深已达 3000 米,甚至更深。中低温地热田的钻孔过去一般在 2000 米以内,因为地热井过深经济上不合算。然而近年在一些大中城市(如天津、西安等),由于城市供暖需要大量的热源,而煤价的上涨和环境的污染使传统的锅炉供热受到制约,于是地热供暖成为热门,凿 2000~3000 米的地热井抽取 70℃~90℃的地热水,其经济效益仍十分显著。

地热钻井有的以探为主,为的是查明地下热水埋藏条件、运动规律、水温、水量及水质等水文地质情况,这类钻孔称为勘探孔;有的钻井则以用为主,要求钻孔的出水温度高、流量大,开发后用于发电、供暖、工农业使用,这类钻井一般称为生产井;有时为了节省投资,将勘查和生产结合起来,既达到勘查的目的,成井后又可以利用,这类井一般称为探采结合井。

地热钻井一般都要穿过第四纪的卵砾石层、砂土层、黏土层等,其特点是松散、易坍塌和漏水。一部分还要在基岩中钻进,多数是在构造断裂带。这类钻井孔径较大,井身结构复杂,钻探及成井工艺要求高,其钻探方法也多种多样。

地热钻探主要采用石油钻探设备和工艺技术。我国在20世纪五六十年代钻地热井主要沿用水文地质钻探设备和工艺技术,七八十年代以后,由于钻井深度增加,开始采用石油钻探设备和技术。地热钻探涉及的问题很多,设备包括钻机、钻头、钻井液、套管材料、固井水泥、井口装置等。

多数地热井,特别是一些中低温地热井,可以用传统的水井凿井技术和设备进行。这些井的水温一般不会超过当地水的沸点,也不自流,但有些地热井的水温较高或自流,因此钻井时的安全措施不能不加以考虑。虽然防喷设备和其他复杂的安全设施不一定要经常配备,但是在钻井前应根据井的设计和热储情况做好必要的安全准备。因为许多地热井的水温超过 60℃,这时水已很烫,钻井时必须确保钻井工人和周围居民的安全。

我国地热能的开发利用

我国的地热能开发利用已有较长的时间,地热发电、地热制冷及热泵技术都已比较成熟。今后地热能利用发展的主要问题是解决建筑物的采暖、供热及提供生活热水,以地热能直接利用为主,将中高温地热热水(高于55℃)用于冬季采暖、夏季制冷和全年供生活热水,以及地热干燥、地热种植、地热养殖、娱乐保健等,实现地热能的高效梯级综合利用,使地热能的利用率达到 70%~80%;其次,以地源为低温热源的热泵制冷、采暖、供热水三联供技术的开发将是另一个重要方面。

我国的中低温地热资源的利用在局部地区取得了良好的效果,如北京市和天津市利用地热水进行冬季供暖,为减少化石燃料的使用,改善两市的环境产生了良好的效果。

另外,在开发温泉旅游、疗养、娱乐等方面这几年也得到了迅速的发展。特别是一些经济比较落后和交通相对闭塞的地区,现今也注重把地热作为一种旅游资源与当地的一些特色景观结合起来吸引外资进行联合开发,并取得了显著的经济效益和社会效益。例如,河北平山县著名的革命圣地——西柏坡和江苏东海县水晶之乡兴建的温泉宾馆和疗养院,其中河北平山温泉宾馆和疗养院达 10 余座,江苏东海的温泉宾馆达 20 余座,并有日本和德国等外商投资兴建的,形成了一定的经营规模和品位,地热开发的同时也带动了周边地区的房地产业和其他商业的蓬勃发展。

但是,与美国、日本、冰岛等国家相比,我国的地热开发利用不论从总量和利用水平上都存在一定的差距。除高温资源用于发电外,大部分中低温地热资源的利用仍停留在简单的、原始的利用方式,特别是许多地热旅游宾馆在利用 70℃～90℃的地热水时,往往要靠自然冷却将温度降低到 50℃ 以下,才能用于洗浴和理疗,使大量热能白白浪费掉。究其原因,主要是设计规划落后,设备陈旧,设备的年使用率不高,在地热勘探、开采、地热水回灌、防腐、防垢等方面的技术和设备同国外先进国家相比还存在较大的差距。

总的来说,我国地热资源开发利用有以下特点:

(1)地热资源分布面广。据已勘查地热田的分析表明,全国几乎每个省区都有可供开发利用的地热资源分布。

(2)以中低温地热资源为主。据现有 738 处地热勘查资料统计,中国高温地热田仅两处(两藏羊八井、羊易地热田),其余均为中低温地热田,其中温度在 90℃～150℃的中温地热田 28 处,占地热田勘查总数的 3.8%;90℃ 以下的低温地热田 708 处,占地热田勘查总数的 96%。全国已勘查地热田的平均温度约为 55.5℃,其中平均温度西藏最高,达 88.6℃;湖南最低,为 37.7℃。

(3)地热田规模以中小型为主。在已勘查的738处地热田中,大、中型地热田仅55处,占7.5%,但可利用的热能达3310.91兆瓦,占勘查地热田可利用热能的76.7%;小型地热田683处,占总数的92.5%,其可利用热能仅1008.05兆瓦,占总量的23.3%

(4)地热水水质以低矿化水为主,适合多种用途。在有水质分析资料的493处地热田中,水矿化度小于1.0g/L(克/升)的有327处,占总数的66.3%;大于3.0g/L的仅有42处,占总数的8.5%。

(5)开发利用较经济的是构造隆起区已出露的中、小型地热田。这些地热田地表有热显示,热储埋藏浅,勘查深度小,一般仅300~500米,勘探难度和风险小。地下热水有一定补给,水质好,适用范围大。

(6)开发潜力大的是大型沉积盆地地热田。我国东部的华北盆地、松辽盆地具有很大的地热资源开发利用潜力,但其开发利用条件受到热储层埋藏深度、岩性、地热水补给条件的限制。开采利用40℃以上的地热水,开采深度一般都需要1000米左右,有的地区地热水开采深度已超过3000米。

青藏高原是我国地热资源最丰富的地区,占我国高温地热资源量的80%。2004年,我国启动了对青藏铁路沿线高温地热资源考察工作。从考察情况来看,青藏铁路沿线,自拉萨—尼木—羊八井—那曲—错纳湖—温泉一带,蕴藏着丰富的高温地热资源,目前已查明的地热显示点有20余处,具有一定规模的地热田有12处,是西藏地热储量最集中的地带。

另外,2005年2月结束的"郑州超深层地热资源科学钻探工程"项目,表明郑州同样具有丰富的地热资源。该井深2763米,温度高达62℃,水量36t/h(吨/小时),偏硅酸、氟和偏硼酸等同时达到国家医疗热矿水标准,具有巨大的开发利用价值。

现就北京和天津两处地热田的开发利用情况作以简要的

介绍。

1. 北京东南城区地热田的开发

北京东南城区地热田 1971 年经勘探发现并开始开发利用,至 1991 年已成井 65 眼,其中开发利用 56 眼,对地热水的开采量逐年增加。到 1985 年,年开采量已增至近 440 万立方厘米,现每年保持在 400 万立方厘米左右,取水温度 40℃～69℃,开采深度 1000～2600 米,主要用于采暖、洗浴、医疗及生产矿泉水等。

北京地热资源开发大体可分为三个阶段:

1970 年到 1983 年,为地热田勘查开发阶段。此期主要是进行地热田地质勘查,结合勘探进行开采,开展地热利用方面的试验研究,对地热田的资源进行评价。在地热田勘查的同时,一批地热井相继建成并投入使用,对地热水的开采量逐年增加,与开发地热水有关的一系列问题如地热水水位逐年下降、地热水供暖中产生的结垢与腐蚀、开采工艺技术、资源管理等问题也随之日益突出和暴露,阻碍着资源的合理开发利用,引起了政府的重视,开始酝酿建立地热资源开发利用的管理机构和管理法规的制定工作。

1983 年到 1986 年,为组建管理机构和建立法规阶段。此期组建了北京市地热管理处,颁布了《北京市人民政府关于加强地下热水资源管理的暂行规定》,开始将地热资源的勘查与开发纳入统一管理的范畴,遏制了盲目开采的势头,逐步向合理利用资源的方向发展。

1987 年以后,为全面实施地热资源开发管理的阶段。此阶段开始实施计划用水、节约用水,推进地热水资源开发利用向高层次、高效益的方向发展,在加强早期开采地区管理的同时,采用采探结合的方法,逐步向已采区外围及深部进行地热资源的勘查与开采,以满足北京地区经济发展对地热资源日益增长的需要。

地热资源的开发主要用于供暖、洗浴、医疗及生产饮用水等。

2. 天津地热资源开发

天津地热资源的开发主要集中在市河西区、塘沽区和大港区,自 20 世纪 70 年代初开始至今,全市已有地热井 100 多眼(包括王兰庄、山岭予和滨海三处地热田),其中开采第三系热储层的地热水井近百眼,开采第三系下部基岩热储层(主要是寒武系、奥陶系、青白口系、蓟县系碳酸盐岩地层)30 多眼。开采深度一般 1500～2500 米,最大 3658 米,最高取水温度 96℃,最大单井出水量 200 立方米每小时,是我国目前勘探查明地热可采资源最多的省市之一。

开采利用地热水主要用于供暖、洗浴、养殖等。应用最多的是供暖,是我国目前利用地热水供暖面积最大、发展最快的省市。为科学管理、合理利用地热水资源,市政府设有地热管理处,对全市地热水资源的开发利用实行统一管理。管理部门正积极组织开展地热水人工回灌、利用系统自动控制、防腐、防垢、井口装置、资源综合利用等应用技术的研究。

天津利用单个地热井供暖面积可达 8～10 万平方米,是我国利用地热供暖效果较好的地区之一。

随着地热开发规模的增大,利用地热供暖的技术也日趋完善,主要体现在以下几方面:

(1)广泛安装变频调速器,按实际需要用水量进行开采,减少了地热水资源的浪费。

(2)在地热系统中应用微机自控系统,使系统处于优化运行状态,做到用多少开采多少,将管理水平提到一个新的高度。

我国地热发电存在的问题

我国地热发电自 1992 年起到 2001 年的 10 年中,增加的装机容量不到 1 兆瓦,西藏那曲 1 兆瓦机组虽在 1993 年建成,但属联合国开发计划署(UNDP)的无偿援助。相反,很多发展中国家(诸如菲律宾、印度尼西亚、哥斯达黎加、萨尔瓦多等)近 10 年来地热发电发展很快,装机容量已经大大超过了我国。我国地热发电何以停滞不前,归纳起来有以下几个方面。

1. 高温地热资源稀缺

目前世界各国进行商业性地热发电地区的热源大多与浅成酸性侵入体有关,而且大多地热系统都具有高孔隙率和高渗透率的地质环境,如菲律宾、印度尼西亚等。而我国大陆已探明的高温地热系统均不属于这种类型,虽云南腾冲热海的热源与近代火山活动有关,但喷出地面岩石是钙碱性的安山岩、英安岩和弱碱性的玄武岩。西藏羊八井、羊易热田虽然钻取到 200℃ 以上的地热流体,但它只是一个处于欧亚板块与印度板块形成的碰撞带的高温地热系统。

2. 高温地热资源地域分布的局限性

高温地热能最大特点之一就是其出露位置受控于区域地质构造,资源分布具有地域性。它不同于可以远程运输的化石能源,只能就地就近开发利用,所以这也在一定程度上制约其发展。我国大陆唯一的藏滇高温地热带主要分布在藏南、川西和滇西,均属地势高、人烟稀少、经济相对落后的偏远高原及山区,同时也是水力资源富集区,相比之下当前地热发电尚未能显示出与水电相竞争的优势时,就逐步被以水电为主的大电网覆盖。

3. 高温地热资源勘探受阻

根据我国多年高温地热钻探的结果显示，我国高温热储大多为基岩裂隙型，除羊八井浅层热储具有层状分布特征外，西藏羊八井北区、羊易、狮泉河以及云南腾冲、洱源等地的钻井资料显示均为垂向的带状热储（基岩裂隙带或破碎带），这类热储的勘察难度大、风险高、成井率低。

另外还有一个资金投入问题，地热开发的前期需要投入大量资金用于勘探。从1986年以后，国家取消了这项勘探投资，风险全部由开发单位承担。与此同时，国家也未出台以市场机制为基础的激励政策，缺少保障资金和合理开发利用的法规以及相关部门间的协调机制。当今世界各国新能源和可再生能源发展历程显示，政府政策与法规的制定和执行，将对新能源可持续发展起非常重要作用。

地热能开发利用的环境问题

地热能的开发会引起一些环境问题。地热水中常常含有一些有害物质，如较多的氟、硼、砷、汞以及重金属铬、镉等。其中还有些钙、镁离子，容易结垢，对于周围没有污水排放条件的地区，水化学污染成了开发地热的严重障碍，有待进一步解决。地热水抽取过多还会引起地面沉降，这样，就要采取回灌措施。但要选择适合的回灌方案，不要因回灌了温度较低的水而使得生产井的水温降低。

在地热开发过程中，总会有些从地下出来的气体被排放到大气中。这些气体主要是水蒸气，但往往还有硫化氢和二氧化碳等，硫化氢有恶臭和对金属的腐蚀性。在开发地热田之前，必须设计安装处理硫化氢的装置。这些气体特别是地热蒸汽，从井口喷出时往往发出尖叫声，造成噪音污染，所以在井口要安装能抗腐蚀的消声器。地热水中往往有较多的钙离子等，容易结垢，必须注意除垢。

综合来看，地热开发过程中可能产生的环境问题，主要有热污染、空气污染、水污染和地面沉降等。空气污染主要是指高温热水和蒸汽中二氧化碳气体的排放，油田地区热水中甲烷、氮气气体的排放。水污染主要是地热水中特别是高温热水中有害的化学元素，如超量的氟化物、砷和硫化物等，在排放时可能对饮用水和农田灌溉水造成污染，甚至伤害农作物和草甸植被，还经常对地面的管道产生腐蚀。另外，在有些地区由于不适当的过量开采会使热田范围内原有的热显示消失，例如温泉、热水沼泽等，从而改变了热田区域的生态环境。

1. 建立地热田开采动态的监测系统

热田开采过程的监测包括地热井产量、温度和压力的长期观测，及时掌握地热流体的开采动态，特别是压力下降漏斗的形成与变化。对于热水排泄区土壤的微量元素、放射性元素和气体成分进行定期采样分析。

2. 建立尾水回灌系统

目前许多地方都在进行回灌试验，天津等地区已经积累了不少的经验，一般回灌的模式有同层对井回灌、异层对井回灌（开采地层回灌非常困难时）和同层两采一灌；回灌的方式有真空回灌和压力回灌，前者是将回灌井进行密封，以避免空气进入后堵塞储层的空隙，后者是使用加压泵将水注入回灌井。

3. 确保地热资源的综合利用，尽可能降低尾水的排放温度

应该说，地热水是一种可综合利用的宝贵矿产资源，利用它的热量可以取暖和制冷、农业栽培和水产养殖，利用它特殊的化学组分可以进行理疗（包括饮矿泉水）。近几年来，国家建立了很多示范性工程，积累了不少经验。天津在华馨公寓供暖工程中应用两级换热一级提热的梯级开发技术，开采出来的 90℃ 热水首先经过钛板换热器供给管网系统，排出的 50℃ 低温热水再

进入二级钛板换热器提供给地面辐射式采暖系统,然后再利用热泵技术将 25℃的热水进行提温取暖,最后回灌至地下。北京丰台区的南宫世界地热博览园也是一个地热梯级开发利用的典型实例,取出的 72℃热水在冬季首先用于供暖(30000m²),然后将排放出来的 48℃热水经过处理后采用变频恒温恒压双管路送宾馆和公寓提供热水,并建立了游泳馆、垂钓园、养殖园和种植园等娱乐休闲和旅游参观景点。

我国地热能的远景规划

根据我国地热开发利用现状、资源潜力评估和国家、地区经济发展预测,地热产业规划目标任务初期、中期、远期三个阶段。

1. 初期目标与任务

(1)改善高温地热发电状况。主要在羊八井地热电站,对现有地热发电装备进行完善、优化,稳定发电 25 兆瓦;力争利用ZK4001 孔高温地热流体,增发、满发,达到总装机 30 兆瓦;努力完成滇西腾冲高温地热井施工,打出 250℃地热流体,力争发电潜力达到 12 兆瓦。

(2)地热采暖达到 950 万平方米。主要在京津地区、京九沿线的山东西部和松辽盆地的大庆地区,完善、优化已有地热供热工程,选点建立示范区。

2. 中期目标与任务

(1)高温地热发电装机达到 40～50 兆瓦。主要在西藏羊八井开发利用已有深部高温热储,积极建设西藏羊易地热电站;在滇西腾冲高温地热田力争完成 250℃以上 1～2 口地热生产井施工,发电潜力 12 兆瓦以上。

(2)地热采暖达到 1500 万平方米。主要在京津冀、京九沿线的山东西部、松辽盆地的大庆地区建立地热示范区。单井地热采暖达 10～15 万平方米,单个地热采暖区 50～100 万平方米。在已开发的地热田建立生产回灌系统。

3. 长期目标与任务

(1)高温地热发电装机达到 75～100 兆瓦。主要藏滇高温地热勘探开发 200℃～250℃以上深部热储。力争单井地热发电潜力达到 10 兆瓦以上,单机发电 10 兆瓦以上。

(2)地热采暖达到 2200～2500 平方米,主要在北方京津冀地区、环渤海经济区、京九产业带、东北松辽盆地、陕中盆地、宁夏银川平原地区发展地热采暖、地热高科技农业,建立地热示范区。单井地热采暖工程力争达到 15 万平方米。

世界地热资源概况

世界地热资源分布

在地壳中,地热的分布可分为三个地带,即可变温度带、常温带和增温带。

可变温度带由于受太阳辐射的影响,其温度有着昼夜、年份、世纪或更长的周期变化,其厚度一般为 15～20 米;常温带其温度变化幅度相当于零,其厚度一般为 20～30 米;增温带在常温带以下,温度随深度增减而升高,其热量来源主要是地球内部的热量。

按照地热增温率的差别,我们把陆地上的不同地区划分为"正常地热区"和"异常地热区"。地热增温率接近 3℃的地区称为"正常地热区",远超过 3℃的地区称为"异常地热区"。在正常地热区,温度较高的热水或蒸汽埋在地球的较深处。在异常地热区,由于地热增温率较大,较高温度的热水,或蒸汽埋藏在地壳的较浅处,有的甚至露出地表,那些天然出露的地下热水或蒸汽就是温泉。

温泉是当今技术条件下最容易利用的一种地热能,在异常地热区,人们也较易通过钻井等人工方法把地下热水或蒸汽引导到地面上来利用。

在一定地质条件下的"地热系统"和具有勘探价值的"地热田"都有发生、发展和衰亡的过程,绝对不是只要往深处打钻,到处都可以发现地热。

作为地热能的概念,和其他矿产资源一样,有数量和品位的问题。就全球来说,地热能的分布是不均衡的,明显的地温梯度每千米深度大于 30℃ 的地热异常区,主要分布在板块生长、开裂—大西洋扩张脊和板块碰撞、衰亡—消减带部位。

世界地热资源主要分布于以下 5 个地热带:

1. 环太平洋地热带

世界最大的太平洋板块与美洲、欧亚、印度板块的碰撞边界,即从美国的阿拉斯加、加利福尼亚到墨西哥、智利,从新西兰、印度尼西亚、菲律宾到中国沿海和日本。世界许多地热田都位于这个地热带,如美国的盖瑟斯地热田、墨西哥的普列托、新西兰的怀腊开、中国台湾的马槽和日本的松川、大岳等地热田。

2. 地中海、喜马拉雅地热带

欧亚板块与非洲、印度板块的碰撞边界,从意大利直至中国的滇藏。如意大利的拉德瑞罗地热田和中国西藏的羊八井及云南的腾冲地热田均属这个地热带。

3. 大西洋中脊地热带

大西洋板块的开裂部位,包括冰岛和亚速尔群岛的一些地热田。

4. 红海、亚丁湾、东非裂谷地热带

包括肯尼亚、乌干达、扎伊尔、埃塞俄比亚、吉布提等国的地热田。

5. 其他地热区

除板块边界形成的地热带外,在板块内部靠近边界的部位,在一定的地质条件下也有高热流区，可以蕴藏一些中低温地热，如中亚、东欧地区的一些地热田和中国的胶东、辽东半岛及华北平原的地热田。

我国地热资源分布

我国地热资源按其属性可分为三种类型：

1.高温（＞150℃）对流型地热资源，这类资源主要分布在西藏、腾冲现代火山区及台湾，前二者属地中海地热带中的东延部分，而台湾位居环太平洋地热带中。

在西藏南部，地表共有 600 多处高温显示，包括间歇喷泉、沸泉、喷气孔、冒汽地面、水热爆炸等，其中 345 处在 20 世纪 70 年代即经过实地考察。热水分析结果表明，大部分热水富含锂、铷、硼等元素。

腾冲地区为现代火山区，位于我国边陲并与缅甸接壤。该区已确认出的水热区共有 58 处，其中"热海"热田最具开发前景。地球化学温标表示，腾冲地区热储温度可达 230℃～240℃，其热源可能是一个正常冷却的高温岩浆囊。

从全球地热系统及地球资源分布来看，滇藏地热带实际上是地中海地热带的东延部分。1999 年研究表明，滇藏地热带总的发电潜力为 5817.60 兆瓦，其中西藏为 3040.4 兆瓦，占整个地热带的 52％。西藏羊八井地热电站目前总的装机容量为 25.18 兆瓦，只占西藏地热资源发电潜力的 1/121，可见，西藏地热发电潜力巨大。

台湾地热上属全球"环太平洋地热带"，即"环太平洋火环"的一部分，高温地热资源丰富。台湾高温地热资源主要分布在大屯现代火山区和中央山脉变质变质岩带，前者温度最高达 293℃。

在著名的台湾大纵谷深断裂带内,蛇绿岩带发育,说明断裂已深入上地幔。岛上地壳活动活跃,第四纪火山活动强烈,地震频繁,是我国东南部海岛地热活动最强烈的一个带,水热活动区有 100 余处,100℃以上的有 6 处。台湾岛北端北投附近大屯火山群共有 13 个地热区,水热活动尤为强烈,有大量热泉、沸泉和喷气孔,其中一喷气孔温度高达 120℃。北投火山温泉区的一眼地热钻孔深 1005 米,已获 294℃ 的高温蒸汽,但由于地热流体的 pH 值很低,对金属腐蚀严重,给开发利用带来困难。

2. 中温(90℃~150℃)、低温(<90℃)对流型地热资源,主要分布在沿海一带,如广东、福建、海南等省区。

从成因上说,这类地热资源是在正常或略微偏高的地热背景下,大气降水经断层破碎带或裂隙发育带渗入地下,并从围岩中汲取热量成为温度不等的地下热水。这类地下热水在适当的地质构造条件下可出露地表成为温泉,构成一个完整的地下环流系统。一般情况下,地热背景越高,下渗(或循环)深度越大,地下热水温度亦越高。

3. 中低温传导型地热资源,这类资源分布在中新生代大中型沉积盆地如华北、松辽、四川、鄂尔多斯等。这类资源又往往跟油气或其他矿产资源如煤炭等处在同一盆地之中。

上述三类地热资源分布在我国不同地区,并与该地区的地质构造背景密切相关。

1. 板内地壳隆起区

发育有不同地质时期形成的断裂带,经多期活动,有的在挽近时期活动性仍比较强烈,它们多数可成为地下水运动和上升的良好通道。大气降水渗入地壳深部经深循环在正常地温梯度下加热,常常在相对低洼的地方,如山前或山间盆地、滨海盆地、河谷底部等,沿活动性断裂涌出地表形成温泉。

东部沿海地热带是地壳隆起区温泉最密集的地带,集中分布的温泉就有 500 余处。它位于太平洋板块与欧亚板块交界带以西中国大陆内侧，包括江西东部、湖南南部、福建、广东及海南省等地，其中广东有 250 处以上，福建有 150 余处。温泉水温大部分在 40℃～80℃ 之间，也有少数在 80℃ 甚至 90℃ 以上。

除上述东南沿海地热带外，滇川地热带也有温泉 100 余处。该地热带位于印度与欧亚两大板块交接带以东纵贯滇川南北，沿南北构造带分布。这里，新构造运动强烈，地震频繁。温泉分布南段较密，水温多在 60℃ 以上，个别达 92℃；北段较稀，水温多在 60℃ 以下。

此外，山东半岛、辽东半岛、河北山地、太行山、秦岭、天山北麓、四川盆地的东南部、柴达木盆地东部等，温泉分布也较集中，多数温泉水温在 60℃ 以下，少数可达 80℃～90℃。

2. 在板内地壳沉降区，即我国广泛发育的中、新生代盆地内，一般在断陷盆地的基地相对突起的地方，构造断裂系统发育，深循环的地下水经正常地温梯度加温后沿断裂通道上涌并富集与基岩顶面，常常形成热水的隐伏排泄源地或称隐伏热储体；在地壳活动相对稳定、无重大构造破坏的凹陷盆地内，在正常地温梯度下加热的地下水，在透水岩层中运移上升，常常在不同深度上形成具有区域意义的呈大面积分布的含热水层，水温多接近岩温。我国华北、江汉、四川等盆地，随着油汽田和热田的开发，已相继获得热水及热卤水，其中尤以华北中新生代沉积盆地潜力最大。

我国 738 处地热勘查资料统计表明，我国目前高温地热田仅有藏羊八井和羊易地热田，余下均为中低温地热田，其中温度在 90℃～150℃ 的中温地热田 26 处，占地热田勘查总数的 3.8%；90℃ 以下的低温地热田（点）708 处，占地热田勘查总数的 96%。全国已勘查地热田的平均温度约为 55.5℃，以中低温地热资源为主，由于温度较低，适合直接综合性利用，因此我国地热开发利用方面具有很大空间，特别是在采暖和制冷方面，地热有很光明的前景。

我国已发现的水温在 25℃ 以上的热水点(包括温泉、钻孔及矿坑热水)约 4000 余处,分布广泛。温泉出露最多的西藏、云南、台湾、广东和福建,温泉数约占全国温泉总数的 1/2 以上;其次是辽宁、山东、江西、湖南、湖北和四川等省,每省温泉数都在50 处以上。

我国热矿泉的划分和分布

根据我国编制的中国医疗矿泉分类方法,我国的热矿泉可划分为三大类型大区,每一类型又按水化学特征分为若干亚类区。分类的原则是按水的化学成分、气体成分、特殊组成、矿化度、pH 值、温度及水化学形成的主要作用等来区分。

我国热矿泉的划分及分布如下:

1.碳酸矿泉水大区

这类矿泉水是现代火山作用和近期岩浆活动造成的特殊类型矿泉水,在火山口附近热矿泉成群出现,温度极高,时常形成沸腾的泉水和强烈的水汽混合物。本带矿泉水最主要特征是含有大量二氧化碳,其形成和富集与火山作用及深部热变质作用有关。水化学类型为重碳酸钙型、重碳酸钠型和氯化钠型,本大区可划分为以下两个小区。

(1)含碳酸气冷的碳酸矿水区

本区泉水温度一般低于 20℃,游离的二氧化碳超过 1 克/升,逸出的二氧化碳占气体总量的 70%～90%,水化学类型以重碳酸钙为主。主要分布在长白山区、辽东半岛宽甸和新县、五大连池,大兴安岭及其以南的内蒙高原、祁连山中段、青海东部、广东东江流域和江西南部等地。

（2）含碳酸气、碳酸－硫化氢高温碳酸矿水区

本区水温最高可达 100℃以上，游离二氧化碳一般不超过 1 克/升，水化学类型以氯化钠型和氯化物重碳酸钠型为主。主要分布于西藏高原、云南西部、四川西部和台湾大屯火山等地。

2.含氮气热矿水大区

本大区广泛分布于山区不同岩层中，在花岗岩类岩石分布地区的热矿水，水化学类型主要为重碳酸钠型，普遍含有较高量的放射性氡、氟及偏硅酸；在石灰岩等地层分布区，往往形成重碳酸钙型、重碳酸硫酸盐型热矿水；在沿海地区可形成矿化的氯化钠型热矿水。本大区划分为两个区。

（1）弱矿化的含氮气热矿水区

本区水的温度绝大部分超过 42℃，最高可达 120℃，水化学类型以重碳酸钠型水为主，次之为硫酸钠型水。水中含有氡、氟和偏硅酸。气体成分主要为氮气，并有氧和少量的惰性气体。

本区为我国分布最广的一个区，主要分布于小兴安岭南部、辽东半岛、山东半岛、太行山、东南沿海各省山区（包括南岭）、秦岭、昆仑山、天山及阿尔泰山等地。

（2）矿化的含氮气热矿水区

本区水的温度一般较高，可达 40℃～102℃，水化学类型为氯化钠型，含有微量的氟、溴、碘等特殊组分，主要分布于沿海地区各省。

3.含甲烷－硫化氢热矿水区

本区在地表无温泉出露，分布在大平原或大型盆地中，矿水的补给来源除大气降水外，尚有部分古沉积水，本大区与油田有密切的关系，可分为以下两个区。

（1）中等矿化的甲烷、氮－甲烷热矿水区

本区水的温度较高，随深度不同一般可达 40℃～80℃，最高达 112℃。水化学类型以氯化物或氰化物重碳素钠型水为主，气体成分以氮－甲烷为主，含硫化氢。本区主要分布在松辽

平原、华北平原以及边缘地带的北京、天津地区等地。

(2)高矿化的甲烷、甲烷－硫化氢热矿水区

本区水的温度相对较低，大部分为中低温矿水，深部有高温矿水。水化学类型为氯化钠型水。热卤水中富含锂、铷、锶、溴、碘、硼等特殊成分。气体成分以甲烷－硫化氢为主。本区主要分布在江汉平原、四川盆地、柴达木盆地、塔里木盆地和准格尔盆地等。

世界地热发电一览

美国地热发电

美国地热发电装机容量在世界前列,大部分地热发电机组都集中在盖瑟斯地热电站。该电站位于加利福尼亚州旧金山以北约 20 千米的索诺马地区。1920 年在该地区发现温泉群、沸水塘、喷气孔等热显示,1922 年钻成了第一口汽井,开始利用地热蒸汽供暖和发电。1958 年又投入多个地热生产井和多台汽轮发电机组,至 1985 年电站装机容量已达到 1361 兆瓦,在盖瑟斯地热电站的最兴盛阶段,装机容量达到 2084 兆瓦。但由于热田开发过快,热储层的压力迅速下降,蒸汽流量逐渐减少,使机组总出力降到 1500 兆瓦左右,后来采取了相应对策才保持 1900 兆瓦的水平。

加州南部的帝国谷有小容量的地热电站共 8 座,总装机容量约为 400 兆瓦;洛杉矶以北 300 千米的科索地区也在利用地热发电,于 1987 年开始发电至今已装有 9 台机组,装机容量共

据美国可再生能源 1996 年度报告的评述，在地热发电方面重点是保证电站的日常运行和维护，形成可用系数高（95%）而稳定的电力供应。2010 年，国内地热电站电力生产可以满足 700 万美国家庭（1800 万人口）的电力需求。

意大利地热发电

意大利是世界上第一个进行地热流体发电试验和开发的国家。1904 年在拉德瑞罗进行了首次试验，1913 年第一座 250 千瓦的地热电站开始运转。从 20 世纪 70 年代末开始，进行了深井钻探和热储人工注水补给的研究，使在已经开采多年的地热电站装机容量有所增加。

意大利地热电站装机容量约 631 兆瓦，年发电量约 4700 千瓦/小时。

墨西哥地热发电

墨西哥是中美洲最大的石油输出国，发电燃料主要为石油。为了增加石油出口量，采取了大量利用水力、天然气、煤炭、地热等发电的多样化能源政策。

墨西哥的地热资源主要集中在塞罗·普里埃托地热田，该地热田位于墨西哥中部横贯东西的火山带。1959 年在塞罗·普里埃托建成第一座地热电站，装机容量为 3.5 兆瓦，至 1990 年装机容量达到 700 兆瓦，已有 16 台机组，地热发电量达 5100

千瓦/小时，占全国总发电量的 4.5%。

最大的地热电站塞罗·普里埃托地热电站装机容量为 803 兆瓦，最大单机容量为 110 兆瓦。

在墨西哥中部距墨西哥城西北 200 千米处还建有洛斯·阿苏弗莱斯地热电站。1982 年开始发电，装机容量为 93 兆瓦，另外还有低容量发电站建设完毕或正在建设中。

菲律宾地热发电

菲律宾已成为全球重要的地热能市场，政府制定各种优惠政策鼓励开发已探明的 4000 兆瓦地热能。

菲律宾地热发电装机容量居世界前列，在 20 世纪 90 年代末地热发电已占全国电力的 30%，在莱特岛和棉兰老岛地热电站建成后，又再建两个地热电站，这将使菲律宾成为世界上主要的地热发电国家。除了国家电力公司经营的 8 座地热电站外，欧美和日本企业也参与了地热电站的开发经营。

日本地热发电

日本有丰富的地热资源，据调查可以进行地热发电的地区有 32 处，地热资源量评价结果表明在地表以下 3000 米范围内有 150℃以上的高温热水资源约 70000 兆瓦，已探明的资源量约 25000 兆瓦。

在 20 世纪 60 年代以前，日本曾建有几座小型地热试验电站，直到 1966 年在本州岛岩手县建成了松川地热电站，一台 20

兆瓦的机组投入运行。1967 年九州电力公司又在大分县建成了大岳地热电站。在 20 世纪 70 年代相继建成了大沼、鬼首、八丁原、葛根田等地热电站。

20 世纪 80 年代后有了较快地发展，后来又建成了杉乃井、上岱、山川、澄川、柳津西山、大雾等地热电站。至今全国已有大小地热电站几十座，机组几十台，总装机容量 550 兆瓦，并成功地将大量 200℃以下的热水抽汲到地面，利用低沸点的工质及热交换工作蒸汽驱动汽轮机发电，其中规模最大的是八丁原地热电站，有两台 55 兆瓦机组，装机容量 110 兆瓦。

八丁原地热电站是世界上首次采用二次闪蒸的日本最大地热电站。汽轮机用单缸分流冷凝式，一次和二次蒸汽分别进入汽缸。抽气器采用一台电动机驱动四段弧形增压器的方式。在第二段与第三段之间设置有中间冷却器，冷却水采用机械通风式冷却塔。

从 1982 年 10 月起，八丁原地热电站与相距不远（约 2000 米）的大岳地热电站实行远距离无人监视运行，两个电站只有 16 个工作人员，十几年来从未发生过事故，年运行率平均达 96%，发电成本低于日本的水电站（日本水电站利用率很低，故成本高），与火电站接近。

新西兰地热发电

新西兰是世界上首先利用以液态为主的汽水混合地热流体发电的国家，从北岛的陶波河到普伦蒂湾有一个长 250 千米、宽 50 千米的地热异常带，怀拉基地热田就位于该地热异常带中央，据初步探测该地区的地热资源为 2150～4620 兆瓦。

1956 年开始建设怀拉基地热电站，1958 年以后陆续投入多台不同类型的地热发电机组,其中包括背压式和凝汽式电站总装机容量达到 190 兆瓦。但由于长期开采使热储层压力降低,汽量减少,到 1989 年该电站机组总出力降低至 157 兆瓦。

新西兰地热发电站的输气管

新西兰还另有两个较大的地热田,一是卡韦劳,另一是奥哈基。奥哈基地热电站是一座奇特的地热发电站,电站建在一条断裂带上。这里地震频繁,工程技术人员把电站建在一个由大钢圈加固的 9 平方米面积的水泥墩上,能抗里氏 10 级地震。

中国地区地热发电

20 世纪 70 年代初在国家的支持下,我国各地掀起开发利用地热的高潮,先后在广东丰顺、山东招远、辽宁熊岳、江西温汤、湖南灰汤、广西象州、北京怀来等地建起试验性地热电站。这些地热区热水的温度低,水量小,电站容量小,大部分均采用一次扩容发电,仅有江西温汤采用双工质循环。这批小型试验电站大都已停产,目前除广东丰顺地热电站还在运行外,其他均已停止运行。

西藏羊八井地热电厂始建于 1977 年,该厂总装机容量为 25.18 兆瓦,有两个分厂:其中一厂的一号 1000 兆瓦试验机组是我国第一台参数最高、容量最大、安装于世界屋脊的地热发电机组。从 1982 年起又建成国内自行设计制造的容量均为 3 兆瓦两次扩容的二号至四号机组,这四台机组最高出力可达 10.6 兆瓦;二厂的五号机组是美国 HEC 公司的成套设备,其中汽轮发电机由日本富氏公司生产,辅机由美国配套,装机容量为3.18 兆瓦的两级扩容地热机组,后又相继安装了六号至九号单机量为 3 兆瓦的两次扩容机组,至此羊八井地热电厂总装机容量达 25.18 兆瓦。

西藏阿里地区的朗久热田也于 1984 年开始开发,现有两台 1 兆瓦一级扩容的发电机组,因厂址位置选择不当,且地热生产井井口压力低、井口结垢等问题,只能间断运行,随后,在联合国的帮助下引进以色列 ORMAT 机组,于 1993 年在西藏那曲热田建成一座 1 兆瓦的双工质地热电站。

自 1993 年以来,年发电均保持在 1 亿度左右,截至 2002 年 5 月,羊八井地热发电总量达 16 亿度,电站年平均运行 4300 小时。

羊八井地热电站全年供应拉萨的电力为 41%,冬季超过 60%。另外两个较小的地热电站也已在朗久和那曲建成,其装机容量分别为 2 兆瓦和 1 兆瓦,对当地经济发展也起到相当作用。据估计,滇藏地热带的发电潜力为 5817.65 兆瓦。

热水湖为什么能发电? 简单地说,只要热水的温度高于 $70℃\sim85℃$,它就可以把一种低沸点的氯化烷化合物变成蒸汽。用 4 个大气压的氯化烷蒸汽就可以驱动一个汽轮发电机发电。

广东丰顺地热电站是目前我国唯一投入商业性运行的热水型地热电站。1970 年 12 月,第一台 86 千瓦闪蒸汽轮发电试验机组发电成功后,于 1978 年建成第二台以异丁烷为中间介质的双流循环试验机组。由于该机组是利用 200 千瓦低压废旧汽轮机改装的,叶片喷嘴的设计不能适应新工质的要求,效率极低,在夏天时只有 100 千瓦左右。除去电厂 80 千瓦的工作用电,实际利用功率甚少，故很少投入使用。1982 年 12 月在广东省科委和电力局的支持下，决定再建一台 300 千瓦的闪蒸汽轮发电机组（3 号机）。1984 年 4 月由中国科学院广州能源研究所将电站移交丰顺县电力部门，10 年来机组运行正常，并与当地电网联网。生产井深 800 米，用深井泵抽水，地热水井口的温度为 91℃，流量为 230 吨/升。地热汽轮发电机组容量为 300 千瓦。年平均发电时数超过 8000 小时。

世界著名温泉

小汤山温泉

小汤山温泉位于北京市昌平区东小汤山镇内,是我国十大温泉之首。小汤山温泉出露在元古界雾迷山组灰岩裂隙中,水温大部分在 40℃～60℃,最高可达 76℃。温泉水中含有多种矿物质和微量元素,它外观淡黄清澈,水质甘秀甜美,含有锶、锂、硒、偏硅酸等多种与人体生理机能有关的矿物元素。

小汤山温泉最早的历史记载见于《大元一统志》,距今已有 700 多年。此后,明清的史籍也曾多次涉及此地温泉。康熙五年,清廷在小汤山修建了"汤泉行宫",乾隆帝还曾留下了行宫听政的佳话。晚清,慈禧太后曾多次到汤泉行宫洗浴。

据记载,温泉最后冒出的时间是 20 世纪 70 年代中期。但据当地村民的记忆,即使 20 世纪 50 年代时,到了秋冬季节,远望泉区就是一片薄雾缭绕,那里池面热气蒸腾,泉池中水很清,但是深不见底,只看到不断从池底升起的串串气泡,到了池面,就泛成朵朵水花。现在枯干的池子边沿，还能看到层层水迹的印痕，记录着泉水历年下降的水平。

泉池在地面上是规整的八边形，但是泉池底部结构却有它的

△ 小汤山温泉

变化。西池的东端和东池的南端，都用花岗岩条石封底，而在西池的南端和东池的北端各有一个斜列的井筒。这两个斜列井筒的连线方位与地下的结构正相呼应：北东65度方向——这正是小汤山地下花岗岩层断裂带的裂缝所在。就是从这，地下热源通过水作为介质，不断地升上来。但是，到了20世纪70年代之后，随着自涌泉的终结，水文地质工作者在小汤山外围地区钻井取水，钻成了20多眼热水井，同样是打井取水，温泉旅馆、度假村等在小汤山纷纷出现，形成了现在的热闹局面。

华清池温泉

我国现有温泉2700多处，而陕西省的华清池温泉历史最为久远，它水质纯净温和，属中性硫酸氯化物钠型水，富含47种矿物质和微量元素，具有较高的医疗价值，特别适宜洗浴。

华清池温泉芳流千古不竭，名人轶事众多，名冠诸泉之首，享有"天下第一温泉"的美誉。

远在西周时,周幽王就在陕西省临潼县骊山脚下的温泉区,修建了"骊宫"。秦始皇时,又用石头砌筑屋宇,取名"骊山汤",供洗澡沐浴用。汉武帝时,又在"骊宫"和"骊山汤"的基础上修葺扩建成离宫(即别墅)。公元 671 年,唐高宗李治又把它改名为"温泉宫"。公元 747 年后改名为华清宫,又名"华清池"。

历代王朝在这里大兴土木,就是看中了骊山这个温泉宝地。

原来,骊山温泉的水温常年保持在 43℃ 左右,几处泉眼每小时流出的泉水达 11.2 万千克,最适于人们洗澡沐浴,而且兼有治病的作用,在温泉水源西侧的墙壁上,镶有北魏时雍州刺史元苌写的"温尔颂"碑。大意是说,不论疮癣炎肿,只要长期用这里的温泉洗浴,都可以康复如初。

据化验,骊山温泉中含有硫酸钙、硫酸钠、氯化钾等多种矿物盐,还有由铀蜕变而成的放射性物质,这些物质和人的皮肤接触后会产生一层药物薄膜,能使皮肤滑润。

唐代诗人白居易在著名的《长恨歌》中有"春寒赐浴华清池,温泉水滑洗凝脂"的佳句,形象地记述了唐玄宗的爱妃杨玉环(杨贵妃)享受骊山温泉浴的情景。在华清池公园内,至今还保留着专供杨贵妃洗温泉浴的"贵妃池",并辟为历史古迹供国内外游客观览。

黄山温泉

黄山温泉又名"灵泉"、"朱砂汤泉",与松、怪石、云海并称黄山"四绝"。

温泉位于紫石峰南麓,汤泉溪北岸,海拔 650 米,温泉主泉泉口的平均温度为 42.5℃,副泉泉口水温为 41.1℃,水温还随气温、降水量的变化而变化。温泉的流量原池昼夜最大流量为

21.951 万千克,最小流量为 14.523 万千克。

黄山温泉泉水水质以含碳酸盐为主,四季如汤,透明澄清,有诗赞曰:"五岳若与黄山并,犹贝灵砂一道泉。"在黄山紫云峰下,桃花溪旁建有温泉浴室,能为旅游者涤污去尘。

黄山温泉具有一定的医疗价值,对消化、神经、心血管、运动等系统的某些疾病,有很好的治疗和保健效果。

汤岗子温泉

汤岗子温泉为东北著名的温泉之一,地处辽宁鞍山市郊 15 千米处,泉水温度为 60℃,最高可达 72℃,泉底含有天然热沙泥,对风湿性关节炎、类风湿、皮肤病等有一定功效。温泉所在地,已成为我国最大的理疗康复中心。

汤岗子温泉有一处长 110 米,宽约 100 米,全国最大的天然热矿泥区。矿泥为花岗石经过漫长的水文地质条件作用下的风化产物,受其下部 72℃温泉水的浸泡、滋养而获得,不受气温影响。疗效颇佳,特别是对风湿性和类风湿性关节炎、止痛、解除痉挛的作用尤为显著。

安宁温泉

安宁温泉地处云南安宁县城西北螳螂川畔,是闻名遐迩的疗养胜地,又名"碧玉泉",有"天下第一汤"美称。相传在东汉时就已发现,水温为 42℃～45℃。

安宁温泉源出石灰岩壁,较大的出水口有九处,每昼夜涌流

100 多万千克。泉水清澈碧透，水质柔和，物理化学性质良好，含碳酸钙、镁、钠和微量放射性元素，属碳酸泉类，碳酸是弱酸，含量低，加上其中含有的可溶性矿物，因此甘芳可口，对人体有好处，尤其能治慢性疾病。

安宁温泉有"三绝"：一是无硫磺质；二是身有污垢，入水俱浮；三是关节炎、皮肤病患者浴后有一定的治疗作用。

息烽温泉

息烽温泉位于贵州息烽县东北天台寺山下，海拔高度 700 米，四面环山。温泉周围绿树成荫，环境优美。

息烽温泉水经国家鉴定为"含偏硅酸和锶的重碳酸钙型氡泉"，是世界少有，国内著名的优质天然医疗和饮用矿泉水之一，含有多种对人体有益的微量

△ 息烽温泉

元素，并含有放射性元素氡，被誉为"与法兰西维琪温泉相伯仲"的优质热矿泉，具有极高的开发价值，曾是全国劳模的疗养圣地。息烽温泉可谓是集疗养、旅游、娱乐、度假为一体的休闲胜地。

庐山温泉

　　庐山温泉在江西庐山脚下,古有"穴如围一文许,沸泉涌出如汤,冬夏常热"之记载。水温58℃～98℃,pH值约为6～9,碳酸根离子约455ppm,钠离子约328ppm,属于中性碳酸氢钠泉,泉水清澈透明,含多种矿质元素,对皮肤病、关节炎、妇女病、气管炎等慢性病皆有较好的疗效。景区风光迷人,且建有水疗室和疗养院,是疗养旅游度假的好去处。

汤山温泉

　　汤山温泉位于江苏南京市东麒麟门外,江宁县东北。

　　汤山温泉的水呈微黄色,透明度较好,没有臭味。汤山温泉日出水量500万千克,常年水温60℃～65℃,含30多种矿物质和微量元素,经鉴定属钙镁质,含微量锶、氡的高热泉,对皮肤病、关节炎多种慢性疾病有疗效,最适合于发展温泉疗养、健身娱乐、温泉度假等项目。

　　汤山温泉的泉眼附近可以看到许多结晶较好的天然矿物,其中有白、浅黄、灰白等色的菱形体方解石,还有浅黄、浅绿、淡紫的立方体或八面体萤石。这两种矿物都是温泉水带到地面的沉淀物,称"泉华"。

眉县汤浴温泉

　　陕西眉县汤浴温泉，又名"凤凰泉"、"西汤浴"，位于眉县太白山北麓的汤浴口，距西安 100 千米左右。这里山环水绕，古木葱郁、景色如画，因地处龙凤、凤凰两山环抱之中，故名凤凰泉。据记载，"凤凰神泽"为眉县八景之一。隋文帝杨坚曾在此建"凤泉宫"作为避暑洗浴之地，唐玄宗曾三临其地，赐名"凤泉汤"。

△　汤浴温泉

　　眉县汤浴温泉现有大泉 3 口，水温经常保持在 60℃左右，水中含有钾、钠、镁、铁、钙、碘等多种元素，其中硫酸钠含量较多。通过多年的实践证明，凤泉水对皮肤病、关节炎等疾病有一定的治疗作用。

帝都温泉

　　帝都温泉位于广东恩平市良西，日自喷水量达 4100 立方米,相当于 3 个标准游泳池的水量,水温可高达 73℃,热水自喷可高出地表 8~9 米。经检测证明,这是广东省水量最大、水质最优、自喷能力最强的温泉度假区。

帝都温泉水质晶莹剔透,并含有偏硅酸、氟、氢、硫等多种有益于人体健康的元素,属优质医疗温泉及罕有的温滑泉。

帝都最大特色是自然天成。温泉根据《易学》思维,把中国传统文化融入到设计中,在中央大池中安放十二生肖像,外轮廓大体按我国地图的图形设计,在温泉洗浴区设计了一个太极图形状的冷热交替洗浴池,阴一边是冷水,阳一边是地热矿水。帝都已建成的 69 个池子中,每一个池子都有其特定的文化意义,让游客在泡温泉的乐趣中能观赏大自然景色,认识和回味文化。

从化温泉

从化温泉位于广东广州市 75 千米从化县西北部,自古有"从化温汤好,岭南第一泉"之盛名。

从化温泉有泉眼 12 处,水温最高为 71℃,最低为 30℃,泉水含钙、镁、钠等成分,具有无色、无味、无臭的特点,对人体健康大有裨益。它能对中枢神经系统的兴奋和抑制进行调节;能使血管扩张,促进血压稳定下降;能促进皮肤表皮细胞的新陈代谢,增强人体抵抗力。用它来淋浴或饮用,对关节炎、高血压、神经衰弱、慢性肠胃炎等均有一定的疗效,而且水滑如油,泡在池中,人能浮起,为世所罕见,对大脑皮层疲劳具有一定疗效。

每年都有不少病患者慕名前来,适合疗养、考察、旅游等,在这儿可放松心情。

认识我们身边的地热能

·世界著名温泉·

巢湖温泉

巢湖有著名的三大温泉：半汤、汤池和香泉。

半汤位于安徽省巢湖市郊汤山脚下，因冷热两泉合流而得名。半汤泉水冷热合流，清洁明澈，水温一般在 55℃，内含活性元素 30 多种。经国家权威科研机构鉴定，半汤既产沐浴温泉，又产饮用矿泉，品位上乘。

香泉距和城 30 千米，泉水热气腾腾，香味浓郁，世称"香泉"。香泉从山下 6～7 处石缝中喷出，有的形成池塘，有的高达 1～2 米，水源充足，常年不断，与南京汤山、巢湖半汤、庐江汤池同出一脉。香泉日常水温在 45℃～47℃，溢涌面积达 2700 平方米，日涌量达 180 万千克。

汤池地处大别山余脉，有数处温泉，古称"坑泉"，后称"汤池"，其泉水温度高达 63℃，水中富含对人体健康有益的二氧化硅、硫化物和多种阳离子及微量元素，对 50 多种疾病有明显疗效。

大棱镜温泉

位于美国黄石国家公园的大棱镜温泉（又称大虹彩温泉），是美国最大、世界第三大的温泉。它宽约 75～91 米，49 米深，每分钟大约会涌出 2000 公升、温度为 71℃ 左右的地下水。

大棱镜温泉的美在于湖面的颜色随季节而改变，春季，湖面从绿色变为灿烂的橙红色，这是由于富含矿物质的水体中生活

着的藻类和含色
素的细菌等微生
物,它们体内的
叶绿素和类胡萝
卜素的比例会随
季节变换而改
变,于是水体也
就呈现出不同的
色彩。

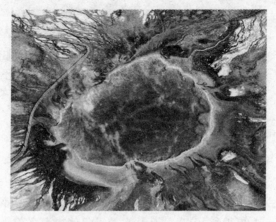

△　大棱镜温泉

在夏季,叶
绿素含量相对较
低,显现橙色、红色,或黄色。但到了冬季,由于缺乏光照,这些
微生物就会产生更多的叶绿素来抑制类胡萝卜素的颜色,于是
就看到水体呈现深绿色。

美国猛犸温泉

同样位于美国黄石公园猛犸温泉,是世界上已探明的最大
的碳酸盐沉积温泉。它最显著的特点当属米涅瓦阶地,那是几
千年来冷却沉淀的温泉水所形成的一连串阶地。每年有超过
2000 千克的地下水流入马姆莫斯。

形成阶地一大要素就是碳酸钙,几百万年前马姆莫斯地区
底部的海水为这里留下了厚质的沉淀性石灰石。当高温的酸性
溶液流经岩石层到达温泉表面的过程中,它溶解了大量的沉淀
性石灰石。一遇到空气,溶液中的部分二氧化碳就会从溶液中
挥发。同时固体矿物质形成并最终以石灰华形式沉淀,就形成
了阶地。远远望去堆金积玉、晶莹剔透,留下的热泉沿着山坡形

成一个一个非常漂亮的五彩大台阶。

2002 年的一次地壳变动，使得猛犸的大部分热泉都不再流，死掉的细菌变成灰白色的粉末，残留在干枯了的大台阶上，反射着耀眼的阳光，将这里变成一片肃杀的不毛之地。

血池温泉

血池温泉是日本别府知名的"地狱"（日本语为 jigoku，指十八层地狱）温泉。其壮观的景象使得慕名前来的人们驻足欣赏，忘记此处乃是洗浴场所。

之所以称此处为"血池"，是因为它以血红的水而闻名。那里泛着血红色的泉水，好似想象中地狱的景象，而这种红色全得益于水体中富含的铁元素。

地狱是日本古代对温泉的称呼，别府市为了突出其温泉乡的历史悠久，特意保留了这个称呼，并且选出最有特色的八大温泉，组成"别府地狱"。

△ 血池温泉

为什么古代日本人把温泉叫做地狱呢？地狱本是佛教中的用语，象征着苦难的世界。经过火山喷发后的地带，硫磺漫山，烟雾腾腾，高温气体把岩石都化成了粘土，方圆数公里都寸草不生，成为不毛之地。日本人看到这种荒凉的景色,不由产生恐惧,不敢轻易靠近。联想起佛教中描绘的地狱场景,就把这些地方叫做"地狱地带",而形成的一个个"热水池子",便叫做"地狱"了。像日本箱根地区的大涌谷、小涌谷,古代就叫做大地狱和小地狱,连其周边的地名也相配叫做阎魔台、地狱泽。一直到1873年明治天皇外出巡游时,当地人觉得让天皇"下地狱"有点不吉利,才改了名。

血池温泉作为著名的疗养地,别府市在1950年就被指定为国际温泉文化都市。其温泉水质丰富多样,据说目前全球共发现11个温泉品种,血池温泉就拥有十种之多,包括酸性、硫磺、食盐、铁和明矾等水质种类。其中不少温泉虽然不能泡,却十分特别。像和尚头地狱,就是一个翻腾着的泥浆温泉,别看它外表"斯文",一点儿烟雾都没有,事实上其温度已接近100℃,浅灰色的泥浆不断地由中央冒起一个小泡,并向四周扩散出去,让人联想到有和尚在水中挣扎时露出的光头,场面颇为恐怖。而气泡破裂时发出的"噗噗"声,则又像一群和尚在念经。

由于含有的矿物质不同,别府的温泉水常常呈现不同的颜色。海地狱就是富含镭硝酸铁,在阳光折射下,闪耀着琉璃般的湛蓝;而血池地狱早在8世纪就以"赤汤泉"闻名。它富含酸化铁,好似一池翻滚的血浆,夹杂着巨大的轰鸣声,被日本佛教徒认为是来自幽冥地狱中的激流。利用血池地狱的温泉制成的血池软膏可以治疗脚气,在日本很受欢迎。

蓝湖温泉

蓝湖温泉位于冰岛西南部,距离首都雷克雅未克大约39千米。

蓝湖地热温泉是冰岛最大的旅游景点之一。蓝湖所在地是地球上地下岩浆活动最为频繁的区域之一,这种活动加热了蓝湖,使得水体蒸腾。地面附近的熔岩流加热的水蒸气用于推动涡轮机发电,经过了涡轮机的蒸汽变成热水,经过换热器又为市政热水供暖系统提供热量,可谓一举多得。

蓝湖洗浴和游泳的礁湖地区水温平均在 40℃左右,水体有丰富矿物质,如硅和硫,在蓝湖泡温泉,可以帮助治疗一些皮肤疾病,如牛皮癣等。

格伦伍德温泉

格伦伍德温泉位于美国科罗拉多州,拥有世界上最大的天然温泉游泳池,地下涌出的泉水流速为 143 公升/秒。水温在 40℃左右,富含盐类矿物质。

地狱谷温泉

地狱谷温泉因居住在此的日本雪猴而出名。

相传现在的地狱谷野猿公苑,起源于上信越高原国立公园——志贺高原的横汤川的溪谷中。因当地悬崖陡峭,到处升腾着温泉热气,古代人看到这种光景便称其为"地狱谷",现在成了野生猴的泡汤天堂。

每到冬天,白雪纷飞时,这些野生猴儿们就会纷纷跳进温泉中取暖驱寒。这些红色面孔的雪猴身披浓密的棕色毛发,攀附在岩石上并将自己浸泡在温暖的温泉中,打着呵欠,看起来好像特别放松。它们在温泉里互相梳理梳理毛发,帮对方抓抓虱子,相互依偎和帮助,一幅和谐美好的景象。大多数猴子喜欢在温泉里安静地泡着,让温暖的泉水为它们带走寒冷和疲乏。

德尔达图赫菲温泉

瑞克霍斯达鲁市的德尔达图赫菲是冰岛最大的温泉,水温最高达 97℃。同时它也以水流速度快而出名,达 180 公升/秒,是欧洲水流速度最快的温泉。它的一部分水,用于向 34 千米外的波加内斯和 64 千米外的阿克兰斯两市供热。

世界著名地热田

西藏羊八井

西藏的地热资源非常丰富,最著名的就是羊八井地热蒸汽田。羊八井地热位于拉萨市西北 90 千米的当雄县境内,方圆 7000 千米,温度保持在 47℃ 左右,是我国大陆上开发的第一个湿蒸汽田,也是世界上海拔最高的地热发电站。

△ 羊八井热水湖

羊八井地热的地热资源非常丰富,分布有规模宏大的喷泉与间歇喷泉、温泉、热泉、沸泉、热水湖等。温泉矿物质含量高,浸泡洗浴可治疗多种疾病。

羊八井的热水湖有的温度超过当地的水沸点,可以煮熟鸡蛋,即使数九寒天,泉水仍然咕咕地翻滚不止。

云南腾冲地热田

在云南省西部,大约北纬25°附近的怒江西侧的大盈江畔,大约300平方千米的范围内,分布着数十个典型的火山锥,就是举世闻名的腾冲火山群。

在火山之间的河谷中,甚至就在火山脚下,温泉广布,水温相差悬殊。当你步入这块水雾蒸腾的地方时,要特别留神,不要一见温泉就伸手入水,先洗为快。比方说,被称作黄坡的温泉,水温41℃,与关中著名的骊山温泉差不多,正好适于沐浴。可是,在它西边不远的黄瓜菁、澡塘河、硫磺塘三个小有名气的温泉就有些“摸不得”了:它们的水温分别为94.4℃、95.6℃和96.6℃,在它们里面“煮”鸡蛋,10分钟准熟。而紧靠大盈江畔的热水塘温泉,水温高达98.7℃,在海拔1000多米的地方,就是一个不折不扣的沸水塘。

热泉沸水昼夜翻滚不停,锅内水声轰隆,传闻利用热泉进行“蒸汽浴”,可治疗各种疑难怪病。

“蒸汽床”是在冒气地面铺上碎石细沙,覆以约5公分厚的松毛,再垫一张草席,便成了“蒸床”。人睡在“床”上,盖上毯子,不到半小时便被蒸得皮红肌润,接着便进热泉洗浴,全身皮舒骨张。因其地热出露的泉水、气体中含有丰富的矿物质,对多种疾病有明显疗效。

热泉中最典型的是“大滚锅”,它的直径3米多,水深1.5米,水温达97℃,昼夜翻滚沸腾,四季热气蒸腾。据说以前有一头牛到大滚锅边舔吃带咸味的泉华,不小心掉入锅内,待牧童从村里喊人来救它时,已煮成一锅牛肉。

有关热泉,还有一个很美丽的神话传说:在远古的时候,这一带天寒地冷,人民苦不堪言,有个善良的老人历尽艰险,寻找使这里变成温暖丰腴的办法。后

△ 热海"大滚锅"

来,他的诚心感动了神仙,神仙赐他一颗宝珠让他含在嘴里,他顿感燥热难耐,便一口气喝干了几条河水,最后他变作了吐热水的小龙。凡是他歇过脚的地方,就有了数不清的热泉。从此,这里便四季温暖,牛羊肥壮,五谷丰登。

腾冲地区为何有这么多温泉?原来,这里正在印度洋板块和亚欧板块的界线附近。印度洋板块以平均每年5～6厘米的速度向东北方向挤过来,俯冲到云贵高原之下,同时也就以岩浆上涌的形式把地球稍深处的热能送到地表附近。地下水从这些热岩浆或刚冷凝不久的热岩体附近经过时,便被加热成温泉了。

与腾冲地区成因相近、蔚为地热奇观的地方是西藏的雅鲁藏布江谷地和澜沧江谷地。初步考察表明,那里有许多高温高压和中温高压的水热爆炸性温泉,还有许多只喷热气的所谓"温泉",堪称洋洋大观。

冰岛地热田

冰岛位于北大西洋靠近北极圈的海域,是欧洲第二大岛国。全国面积为 13.1 万平方千米。岛内冰川与火山并存,地震与地热孪生,全岛 11.5％的土地为冰川所覆盖,岛内有火山 200 多座,其中活火山 30 余座,仅历史上有记载的火山喷发就有 150 多次,火山地形地貌比比皆是。

冰岛位于北美和欧亚构造板块的边界地带,在地质年代上是比较年轻的国家,两个板块每年以 2 厘米的速度飘离,是地球上能在海平面以上看到山脉漂流的很少的几个地方之一。特殊的地质构造使冰岛地下热流滚滚,成为世界上地热资源最丰富的国家。

冰岛首都叫雷克雅未克,在冰岛语中,"雷克雅未克"的意思叫"冒烟的海湾",这其中的奥妙可以说都和地热有关。

公元前 4 世纪时,一个叫皮菲依的希腊地理学家曾到过冰岛这个未开垦的"处女岛"。当时他把这个小海岛叫做"雾岛"。由于这个海岛靠近北极圈,离欧洲大陆很远,交通不便,很少有人光顾,直到公元 864 年,斯堪的那维亚航海家佛洛克再次踏上这个海岛,才逐渐引起欧洲人的注意。以后,爱尔兰人、苏格兰人陆续向这里移民。由于移民的船只驶近南部海岸时,首先看到的是一座巨大的冰川,即著名的瓦特纳冰川。这景致太令人神往和印象深刻了,于是,冰岛这个名字就由此诞生了,并一直保持至今。同年,斯堪的那维亚人乘船驶近现在的冰岛首都,远远就看到这个地方的海湾沿岸升起缕缕炊烟,就以为那里一定有人居住,于是就把这个地方命名为"雷克雅未克",即"冒烟的海湾"的意思。谁知等他们到岸上时,既没看到村落和农舍的炊烟,也没有见到任何人。而是只见许多温泉在不断喷出股股热气腾腾的水柱,从此,"雷克雅维克"的美名就流传下来了。

冰岛对地热温度的分类指标与其他国家有所不同,冰岛将热流处在地下 1000 米左右、温度低于 150℃ 的地区定为低温地区;超过地下 1000 米、温度高于 200℃ 的地区属于高温区。冰岛地热田的分布与火山位置密切相关。在从西南向东北斜穿全岛的火山带上,分布着 26 个温度达到 250℃ 的高温蒸气田,约 250 个温度不超过 150℃ 的低温地热田。天然温泉 800 余处。低温体系分布于火山区的外围。较大的低温体系主要位于冰岛南部的火山区的侧面,而小一些的可在冰岛的任何地方找到。

表面上,低温活动是以热或沸腾的泉水形式出现,但也有些不存在表面的表现形式。冰岛地学研究认为这种低温活动的热源来自于非正常的热外壳。持续不

△ 冰岛地热景观

断的地壳活动而产生的断层和裂缝,为低温体系的水循环提供了通道。降水大多数从高山地带渗透到 1000～3000 米深的基岩,在那受岩浆加热,随后由于密度减小上升至表面。

高温活动地区位于活火山地带或其他边缘地带的内部。它们大多处于高处地带,岩石的地质年龄非常年轻,渗透性好,由于地形高和基岩的可渗透性,在高温区地下水埋藏深。高温活动区地表有大量的蒸汽排出,蒸汽中的硫化氢会被大气中的氢气所氧化,或变成硫磺储存在出口周围或变成酸雨。这种系统通常在岩浆入侵时变浅。当在高温系统和中央复杂火山入侵联

系在一起时侵入岩浆往往形成浅层的岩浆房,依靠静力水的压力来达到水的沸点,随着温度升高,压力增加,沸点最高温度记录为 380℃。

冰岛地壳厚度 0～10 千米范围的地热资源含量为 3 亿 TWH(1TWH 相当于 1 亿度电);地壳厚度 0～3 千米范围内的地热含量为 3000 万个 TWH;技术上可利用率为 1 百万 TWH。若将全部地热能用来发电,每年可发电 800 多亿度。

85％的冰岛人口利用地热取暖。首都雷克雅未克全部利用地热,一部分热水是从城里的井里提取的,一部分来自首都北边的地热区。热水的温度有 80℃～140℃,是经由一条很长的管道输送到城里,然后与回收水合在一起,水到达屋内仍有 75℃～80℃。而首都雷克雅未克在冰岛语的意思就是"蒸汽海滩"。

事实上,冰岛移民第一个注意到的就是从位于该市中部"温泉谷"冒起来的蒸汽,冰岛第一个热水井就在是在这里。雷克雅未克的妇女很早就开始在那儿洗衣服。

位于冰岛国际飞机场南边 20 千米的斯瓦塔森吉热水供应发电厂用 1000 米深的高温蒸汽井将凉水加热,然后供应给周围的镇和村庄。该厂也使用汽轮机发电。靠近国会湖南边也有新的给首都供热的工厂,叫奈斯雅维里尔,运作模式与前者相同。

冰岛有世界著名的自然间歇喷泉,名叫盖锡尔,意思是爆泉,在现在英语中已成为所有的间歇喷泉的名词。

首都雷克雅未克市地区有 50 多个地热井,其最主要的发电厂是地处亨吉尔山区的奈斯亚威里尔地热电站。该地区距雷克雅未克市约 30 千米,是一个非常活跃的地震带,也是冰岛能量最多的地热区之一。电站共有 20 眼地热井,井深在 1100～2000 米之间,地下水温最高可达 380℃。该电站集发电和供暖于一身,拥有两台发电机组,总装机容量为 6 万千瓦,热水生产能力为每秒 1100 升。电站生产分为集热发电和冷水加热三个步骤。从地热井里抽上来的是高温地热水和水蒸气,经分离,其中的蒸汽先带动涡轮机发电,然后再将提取的低温湖水加热到 60℃～70℃,剩下的热水用作对湖水进行第二次加热。当水温升到 85℃～90℃时,再通过直径 0.9 米的管道输送到市区。由于采用了性能良好的隔热材料,热水在长距离传输中温度仅下降 2℃。这归功于传送管使用的一种特殊保温材料,这种材料是冰岛人从火山熔岩中提炼出来的。包括奈斯亚威里尔地热电站在内,雷克雅未克周围有三座地热电厂,为冰岛人提供热水和电力。

除了建筑供暖和发电外,冰岛人还善于提高地热资源的使用效率,包括进行温室蔬菜花草种植、建立全天候室外游泳馆、在人行道和停车场下铺设热水管道以加快冬雪溶化等。还在雷克雅未克市南部海岸开辟游泳胜地,将地热水大量排入,以提高水温。

大岳地热田

大岳地热田位于日本九州岛内,在九重山火山群最高峰九重山西北几千米处,在阿苏破火口与别府矿泉之间,处在西太平洋岛弧板缘高温地热带上。

在断裂破火口盆地中,有大量热泉及喷气孔沿盆地中主要断裂出露,热流量异常高,蚀变带分布广泛。热储层由中新世火山碎屑物组成,埋深在 1000 米以上钻孔出露最高温度达 206℃。火山活动始于中新世,延至全新世。深部岩浆侵入产生断裂及裂隙,形成热储层的次生透水性。与此同时,周围火山再次活动,使本区盖上二熔岩及凝灰角砾岩(早更新世),成为热储层对流系统的盖层。此外,在上部地层中由于水热蚀变及矿物沉淀形成的"自封闭"层段,也为热田提供了盖层条件。

据认为,大岳地热田的形成与岩浆侵入活动有密切联系。在地热流体中虽然可能有少量的岩浆源流体存在,但主要是大气降水形成的。1967 年建成一座装机容量为 13 兆瓦的地热电站。几十年来,电站一直在顺利地运转。

美国万烟谷

美国阿拉斯加的"万烟谷"是世界上闻名的地热集中地,在 24 平方千米的范围内,有数万个天然蒸汽和热水的喷孔,喷出的热水和蒸汽最低温度为 97℃,高温蒸汽达 645℃,每秒喷出 2300 万公升的热水和蒸汽,每年从地球内部带往地面的热能相当于 600 万吨标准煤。

1912 年 6 月 6 日,卡特迈火山猛烈喷发前几小时,山谷上部出现裂缝,喷出大量烟灰和其他火山物质,并在高压气流作用下高速推向下方,山谷中的动、植物被炽热的烟灰掩埋,树木碳化。谷地里堆积的火山灰厚达 200 多米。有成千上万个喷气孔和气柱不断从地下喷出大量的炽热气体,在火山灰堆积较薄的地方和山谷上部尤为密集。有的喷射高度达 350 米,在山谷上空形成巨大的蒸汽层,经阳光照耀,气孔旁呈现条条色彩缤纷的彩虹,景观壮丽。

卡特迈火山喷发,顶端崩塌,形成长 4800 米,宽 3200 米的火口湖。离卡特迈火山约 10 千米的山谷中,还形成一座名叫诺瓦拉普塔的新火山。

目前,山谷中火山活动已大为减弱,仅剩下 12 个喷气孔。周围出现地衣和苔藓,有些高等植物亦开始生长。麋、熊的足迹已可见到,但仍缺少生物栖居。万烟谷的自然景观吸引大批游客,1918 年即已列为卡特迈国家名胜地。因其自然景观与月球相似,故又有"地球上的月面"之称。20世纪60年代时曾作为"阿波罗登月"宇航员的训练场地。

怀拉基地热田

怀拉基地热田是新西兰最大的一个地热田,也是世界上第一个大型湿蒸气田,生产井深度相对较浅,一般为数百米,多数介于600~1200米,地热流体的温度为260℃。自1958年建成世界上第一座利用湿蒸气发电的地热电站以来,已成功运行50余年,2004年总装机容量220兆瓦,年总发电量达$1505×10^3$兆瓦·时。

怀拉基地热田处在西太平洋岛弧板缘高温地热带的东南端,地表水热活动强烈,有大量喷气孔、沸泉、沸泥塘、热水池等。热储层由浮石角砾岩组成,厚度450~900米,该储层为高渗透岩层,孔隙度最高可达40%。热储层上部由休卡组湖相泥岩构成盖层,厚60~1400米;下部为怀拉基熔结凝灰岩,是一种致密的熔结凝灰岩岩席。热田所在区为断裂发育的火山构造盆地,有北东向主断层和北两向横断层。

菲律宾地热田

菲律宾共有地热田和地热区30处,其中已发电者4处,具有开发潜力的6处,正在钻探和开发的9处,其余11处仍在进行地面研究。

汤加纳地热田位于菲律宾莱特省北部,与蒂维、麦克班等地热田分别处在菲律宾断层的两侧。菲律宾断层为一大型活动平移断层。沿该断层岩浆侵入和火山喷发活动强烈,对形成高热流区及高温地热田十分有利。

汤加纳地热田是菲律宾面积大、资源丰富的蒸气田之一,和菲律宾的其他地热田一样,都产在全新世(距今 1 万年内)到早上新世(距今 400~500 万年)的钙碱火山岩,主要有安山岩、石英安山岩和少量玄武岩。除熔岩流外,还见有火山碎屑岩类,如凝灰角砾岩、石英安山岩、熔结凝灰岩等。火山岩层中,还夹有薄层砂岩和粉砂岩层以及少量灰岩透镜体,总厚度介于 1050~2500 米之间。岩性为灰岩、粉砂岩和石灰质砂岩。在沉积岩层之下,普遍存在晚中新世至晚更新世(距数十万年至数万年)的侵入岩和岩脉,岩性多为闪长岩,少数为辉绿岩。据认为,这些岩体和岩脉是为地热田提供强大热能的源岩。据地表地热显示的分布和电阻率测量结果,汤加纳地热田面积达 37 平方千米,有三个生产区,分别建有装机容量为 112.5 兆瓦、125 兆瓦、231 兆瓦及 50 兆瓦等电站和连接蒸汽管线提供蒸气资源,截至 2004 年底,总装机容量已增至 722.68 兆瓦,占全菲律宾地热发电装机容量(1931 兆瓦)的 37%。

拉德瑞罗地热田

拉德瑞罗地热田位于意大利罗马西北面约 180 千米处,开发面积大约 100 平方千米。该地热田由 8 个地热区组成。拉德瑞罗地热田储集层内蒸汽的最高温度为 310℃。拉德瑞罗地热电厂的总装机容量为 38.06 万千瓦,名列世界第四。

拉德瑞罗地热田具有良好的热储、盖层、构造及热源等有利条件。热田位于艾拉地堑的南部,为一段发生局部沉降和断块的背斜褶皱构造,有北西向主断层和北东向横断层。其热储层为碳酸盐岩层,主要为白云云岩及白云质灰岩,溶洞裂隙发育,岩层厚度有时可达几百米,基底为占生代沉积变质岩,埋深在1000米以下。钻井深度1800米,温度245℃。经深部钻探已在基底变质岩中发现几层渗透性较好的热储层位,埋深3000~4000米。构成地热田盖层的地层为上新世及晚中新世的粘土层及始新世—白垩纪的杂色页岩层等。

热田位于巨大的第勒尼安火山区的北部范围内,因而有浅部的岩浆侵入活动为热田提供热源。拉德瑞罗地热田是世界著名的干蒸汽田之一,也是世界开发最早的地热田,自1904年首次利用地热蒸汽发电成功以来,电站装机容量一直排在世界前列。

盖尔瑟斯地热田

盖尔瑟斯地热田是目前所知世界最大的地热田,位于美国加州旧金山北面约120千米处,面积超过140平方千米,储集层蒸汽温度最高达280℃。1988年,该地热田电厂的总装机容量达到204.3万千瓦,真正称得上世界第一。